Meeresfunkeln

Celina Balzer wurde 1995 in Koblenz geboren.
Es bereitete ihr schon immer große Freude, sich
Geschichten auszudenken. Im Alter von fünfzehn Jahren
begann sie schließlich »Meeresfunkeln« zu schreiben.
In ihrer Freizeit trifft sie sich am liebsten mit ihren
Freunden, spielt Violine und Viola oder schreibt.
Neben »Meeresfunkeln« sind auch »Tiefseeschwärze«
und »Seesternenhimmel«— zweiter und dritter Teil der
Reihe — von Celina Balzer erschienen.

Celina Balzer

MEERES-FUNKELN

2., überarbeitete Auflage

Bibliografische Information der Deutschen Nationalbibliothek:
Die Deutsche Nationalbibliothek verzeichnet diese Publikation in der
Deutschen Nationalbibliografie; detaillierte bibliografische Daten
sind im Internet über dnb.dnb.de abrufbar.

Herstellung und Verlag:
BoD – Books on Demand, Norderstedt

ISBN: 9783754340288

Für Sofie

Ein neuer Anfang

Meine Mutter wollte mit mir umziehen. Und wir beide hatten beschlossen, dass es in Ordnung sei. Meinen Vater hatte ich nie richtig kennengelernt. Er war Meeresbiologe und nach einem Tauchgang vor langer Zeit nie wieder gefunden worden. Deshalb musste meine Mutter ihn für Tod erklären. Ich war damals gerade einmal drei Jahre alt.

Lediglich ein paar Fotos hatte ich von ihm. Ich hätte ihn sehr gerne richtig kennengelernt und es war auch nicht immer leicht für mich gewesen, ohne Vater. Vor allem war es für mich schwer zu verstehen gewesen, wie er tot sein konnte, ohne dass es einen Ort gab, an dem er wirklich begraben lag.

Mum hatte mir von Anfang an gesagt, dass es keine Beweise für seinen Tod gäbe. Ich weiß nicht, warum ihr das so wichtig gewesen war und sie es für richtig gehalten hatte. Ich hatte mich immer gefragt, ob sie mir oder viel eher sich selbst Hoffnungen machen wollte, dass er eines Tages zurückkehrt. Er war aber nicht zurückgekommen. Nie.

Früher sorgte ich deswegen in den Schulen, die ich besuchte, für Gesprächsstoff. Es hatte Zeiten gegeben, in denen ich einfach behauptet hatte, dass mein Vater noch leben würde. In einem anderen Land. Weit weg. Aber das war, als ich noch sehr jung war und es schrecklich fand, die anderen Kinder zu sehen, wenn ihre Väter sie vom

Kindergarten oder der Schule abholten. In diesen Momenten hatte ich mir dann immer auch so einen Vater gewünscht und war ganz traurig gewesen.

Manchmal behauptete Mum, wenn ich traurig war, dass ich ihm ähnlich sei, aber das traf nicht zu. Ich sah ja nicht mal meiner Mutter ähnlich. Sie hatte blonde, leicht lockige Haare und mein Vater rote, zumindest auf den Fotos, die ich von ihm hatte. Meine Haare hingegen waren braun. Ich hatte rein gar nichts vom Aussehen meiner Eltern.

Meine Mum hatte mich immer alleine großgezogen, ohne die Hilfe ihrer Eltern oder der meines Vaters. Ihre eigenen waren zudem recht früh verstorben. Und die Beziehung zu den Eltern meines Vaters hatte sich nach dessen Verschwinden immer mehr verschlechtert. Mum sprach nicht so gerne von ihnen. Ich wusste, dass sie enttäuscht war, weil sie eben nie Unterstützung von ihnen erfuhr, zumindest nicht in der Weise, wie sie es sich gewünscht hätte. Tief im Inneren wusste ich, dass es die Art meiner Großeltern war, mit dem Verlust ihres einzigen Sohnes umzugehen. Sie fanden keinen anderen Weg, die Erinnerungen hinter sich zu lassen.

Mum hatte mir schon immer viele Freiheiten gelassen. Manchmal war sie den ganzen Tag über nicht zu Hause. Ich hätte mir oft gewünscht, dass sie mehr Zeit für mich hätte, sich mehr um mich gesorgt und mir weniger erlaubt hätte.

»Jane, du hast es gut! Meine Mutter nervt mich mit ihrer übertriebenen Fürsorge. Das ist schrecklich. Genieße deine Freiheit!«, hatte Emma mal zu mir gesagt.

Sie war, seit wir nach Hawick gezogen waren, meine beste Freundin gewesen.

»Aber es kann doch auch nicht normal sein, dass sich die eigene Mutter mehr mit ihrer Arbeit beschäftigt als mit ihrem einzigen Kind!«, gab ich dann zur Antwort. Meine Mutter war jedenfalls davon überzeugt, dass man sich egal in welchem Alter selbst beschäftigen könne. Zumindest für eine Weile und erst recht im Alter von sechzehn Jahren. Und darin war ich auch ziemlich gut. Ich konnte mich wunderbar alleine beschäftigen. Sogar *an* meinem sechzehnten Geburtstag.

Ich nahm es ihr nicht einmal besonders übel, schließlich gab es ja Gründe für ihre Abwesenheit. Trotzdem versuchte sie immer bei mir zu sein, wenn es mir schlecht ging. Und das kam häufig vor.

Ich war oft krank. Sehr oft. Ich musste immer wieder in ärztliche Betreuung. Mum war nicht immer bei mir, auch wenn sie es versuchte. Sie war keine schlechte Mutter, ich liebte sie von ganzem Herzen. Sie meinte es gut und sie war stark für uns beide. Sie musste ja schließlich Geld verdienen. Dennoch wäre es schön gewesen, wäre sie bei mir gewesen, wenn ich manchmal vor Bauchschmerzen sterben wollte.

Ich litt an einer seltenen, weitestgehend unerforschten Krankheit. In unregelmäßigen Abständen bekam ich starke Bauchschmerzen, die sich durch nichts erklären ließen.

Eine Vielzahl von Ärzten und Ärztinnen hatte versucht, meinen Beschwerden auf den Grund zu gehen. Nichts konnte mir helfen, keine Schonkost, keine Tees, keine Massagen, keine Naturheilkunde und keine Wundermittelchen. Ich hatte sie alle ausprobiert. Auf meine Ernährung zu achten, half ein wenig, aber nicht sonderlich viel. Doch es reichte mir schon, dass ich mir einbildete, dass die Schmerzen dadurch wenigstens etwas gelindert wurden.

Wann immer wir glaubten, auf dem richtigen Weg zu sein, folgte dann doch jedes Mal wieder ein weiterer Besuch bei Ärzten.

Manche Mitschüler beneideten mich darum, dass ich so oft fehlte, aber ich konnte sie nie verstehen, wo es doch so wichtig war, am Unterricht teilzunehmen. Immer wieder musste ich den versäumten Unterrichtsstoff nacharbeiten. Und weil ich immer wieder fehlte, fiel es mir schwer, Freunde zu finden und Freundschaften aufrecht zu erhalten.

***

Ich beobachtete, wie meine Mutter mehrere Koffer vor die Haustür stellte. Sie atmete angestrengt aus und band ihre Haare mit einem Haargummi zusammen.

»Jane, pack doch bitte schon mal deine Sachen in den Van!«, rief sie mir dann zu.

Ich lief die Treppe zu meinem Zimmer hinauf und nahm meinen Koffer in die Hand. Ich sah mich noch einmal in meinem Zimmer um. Die Delphinbordüre würde ich vermissen. Eigentlich hätte ich aus dem Alter längst raus sein müssen, ein Tapetenwechsel wäre schon lange fällig gewesen. Aber Mum hatte einfach viel zu wenig Zeit für solche Dinge und ich hatte nie Emma darum bitten wollen, mir beim Tapezieren oder Streichen zu helfen. Sie sagte sowieso immer: »Ich habe zwei linke Hände. Ich kriege nichts hin!«

In diesem Zimmer steckten viele Erinnerungen. Wir waren schon öfter umgezogen, aber hier waren wir am längsten geblieben. Das war schon etwas Besonderes. Es gab keinen Ort, der Mum hielt. Für unsere vielen Umzüge und Ortswechsel gab es keinen wirklichen Grund. Doch Mum fühlte sich nie irgendwo zu Hause. Sie konnte Dad einfach nicht vergessen und sie schien zu glauben, dass eine neue Umgebung ihr dabei helfen könnte.

Mum meinte, dass wir in unserem neuen Zuhause vielleicht sogar noch länger bleiben würden. Zumindest solange, bis ich irgendwann einmal ausziehen würde. Und manchmal konnte ich diesen Moment kaum erwarten. Ein weiteres Mal würde ich nicht mit ihr umziehen.

Sie hatte eine neue Stelle angenommen. Genau wie mein Vater vor seinem Verschwinden erforschte sie das Meer. Ich konnte manchmal ihr Interesse und ihre Faszination am Meer nicht nachvollziehen. Ihr lag so viel an ihrem Beruf, mehr als an allem anderen, zumindest fühlte es sich so an. Gerade, da sie doch Dad durch das Meer verloren hatte, konnte ich ihre Leidenschaft nicht verstehen. Aber es schien, als fühlte sie sich durch das Meer mit ihm verbunden. Mehr denn je und mehr als durch alles andere.

Unser Umzug nach Edinburgh, in die Nähe des Meeres, war schon längere Zeit geplant. Ich wusste noch nicht, was ich ohne Emma machen sollte. Sie würde mir schrecklich fehlen. Zwar konnte Mum das verstehen, aber sie meinte, Emma sei ja nicht aus der Welt und jeder Schmerz würde irgendwann weniger werden.

»Die Zeit heilt alle Wunden, Liebling. Ich habe schließlich auch den Tod deines Vaters verkraftet!«
Aber ich war mir da nicht so sicher. Noch vor ein paar Jahren war Mum manchmal abends total fertig von der Arbeit nach Hause gekommen und hatte den ganzen

Abend lang geweint. Außerdem war sie in den Jahren nach dem Tod meines Vaters nie mit jemand anderem ausgegangen.

Sie war ein kluger, netter und offener Mensch, aber sie schien sich für niemand anderes zu öffnen oder zu interessieren. Ich hoffte für sie, dass sie glücklich war und wollte mir gar nicht vorstellen, wie es ihr gehen würde, wenn ich tatsächlich eines Tages ausziehen würde.

Ich war ihr nicht ähnlich. Nicht nur rein äußerlich. Vielleicht kam ich eher nach meinem Vater oder nach meinen Großeltern, nach den Personen, die nie wirklich Teil meines Lebens gewesen waren.

Ich spürte, wie mir die Tränen in die Augen stiegen. Ich versuchte es zu verbergen. Schnell wischte ich die Tränen ab.

»Jane! Wo bleibst du denn?«, rief meine Mutter leicht genervt.

»Ich komme ja schon!«, gab ich zurück und spurtete die Treppe wieder herunter.

Emma kam mir entgegen, als ich den Kofferraum schloss. Ich fing augenblicklich wieder an zu weinen. Emma nahm mich in den Arm.

»Wir bleiben Freundinnen, egal was passiert! Ich komme dich in den Sommerferien besuchen! Und was auch geschehen mag, du kannst mich anrufen!«, versprach sie.

Ich hoffe so sehr, dass sie recht behält, dachte ich, denn ich war unglaublich traurig und fühlte mich leer. Und hinzu kam, dass sich meine Bauchschmerzen ankündigten.

Ich stieg ins Auto und biss die Zähne zusammen, als es los ging. Emma winkte mir mit Tränen in den Augen zu. Mum hupte laut und wir fuhren meinem neuen Leben entgegen, das ich vorerst gar nicht wollte.

Ich ließ das Fenster hinunter, sah winkend zurück und schluchzte laut. Mum legte mir ihre linke Hand auf meine Hände.

»Alles wird gut.«, flüsterte sie.

Das Bauchweh nahm zu, so sehr, dass ich schon bald eine meiner grün-blau gefärbten Tabletten nahm, die mir aufgrund meiner Beschwerden bereits vor langer Zeit verschrieben worden waren. Ich sah mir die Landschaft an und dachte an die Zukunft. Ich wusste nicht, wie es weitergehen sollte. Ich hatte mich nie irgendwo sonderlich gut eingelebt, weil ich einfach nie lang genug an einem Ort geblieben war. Ich fürchtete mich vor dem, was vor mir lag.

Das Gefühl kannte ich bisher nicht. Ich war schon so oft umgezogen, dass es für mich nichts Neues und Beängstigendes hätte sein dürfen. Aber dieses Mal war es anders. Ich fühlte mich schrecklich. Als würde ich alles hinter mir lassen.

Es war schwer genug für mich gewesen, Emma als Freundin zu gewinnen, weil ich nie wirklich eine tiefe freundschaftliche Bindung zu jemandem erfahren hatte, zumindest nicht so. Aber genau das war es gewesen, was ich mir immer gewünscht hatte. Eine Freundschaft für lange Zeit. Jemanden, auf den ich mich immer verlassen kann.

Ich versuchte, die schlechten Gedanken beiseitezuschieben und Edinburgh eine Chance zu geben.

Ich wurde wach, als meine Bauchschmerzen immer schlimmer wurden. Ich musste wohl irgendwann während der Fahrt eingeschlafen sein, auch wenn ich mich gar nicht mehr daran erinnern konnte. Wir waren schon gleich da. Mum stoppte den Wagen und öffnete die Tür.

Ich rieb mir die Augen, öffnete die Beifahrertür und sah auf unser neues Haus, das wir gemeinsam ausgesucht hatten. Irgendetwas hatte dieses Haus, ich mochte es von Anfang an. Schon als ich es während der Besichtigung das erste Mal betreten hatte, wusste ich irgendwie, dass ich mich hier wohlfühlen würde, auch wenn mir ein weiterer Umzug überhaupt nicht gefiel.

Mum mochte das Haus hingegen so gern, weil es das Haus mit dem größten Baum davor war. Um das Haus herum verlief eine Mauer und der Baum stand ganz dicht daran.

Ich stieg langsam aus und nahm mein Gepäck aus dem Kofferraum. Ich sah mich um. Es war wirklich eine schöne Gegend. Und das Haus war ein Traum, aber ich konnte mich einfach nicht so richtig freuen. Zum ersten Mal gab es jemanden, den ich schrecklich vermissen würde.

»Können wir morgen ans Meer gehen?«, bat ich Mum.

»Natürlich. Deshalb sind wir ja schließlich hier hergezogen, oder nicht?«, entgegnete Mum und schenkte mir ein Lächeln. »Und ich bin froh, dem Meer wieder so nah zu sein. Vielleicht tut dir die Luft ja ganz gut. In Buckhaven ging es dir doch auch immer besser.«

Früher war ich ein paar mal bei meinen Großeltern, Mums Eltern, zu Besuch gewesen, aber ich konnte mich kaum daran erinnern. Die Eltern meiner Mutter waren kurz nacheinander verstorben, als ich gerade einmal vier

Jahre alt gewesen war. Mum kam aus Buckhaven. Sie hätte dort ihre Liebe zum Meer entdeckt, erzählte sie oft. Sie liebte das Meer so sehr. Auch nach Dads Verschwinden hatte sich daran nie etwas geändert. Dad, ich und das Meer waren die drei großen Lieben ihres Lebens. Irgendwie beneidete ich sie um diese bedingungslose, unzerbrechliche Liebe zum Meer.

In der ersten Zeit nachdem sie Dad für Tod erklärt hatte, war sie sich nicht sicher gewesen, ob sie jemals wieder ihrem Beruf nachgehen könnte. Aber sie hatte sich für das Meer entschieden. Die einzige Einschränkung war, dass sie nicht mehr in direkter Nähe des Meeres wohnen wollte. Doch irgendwann, hatte sie mir gesagt, sei ihr bewusst geworden, dass sie das Meer auch in der Nähe ihrer Wohnung brauche. Und so entschied sie, nach Edinburgh zu ziehen.

Zuerst weigerte ich mich. Ich wollte nicht weg, nicht schon wieder. Ich hasste es umzuziehen, immer wieder neu anfangen zu müssen. Doch Mum schien es zu genießen, es tat ihr gut. Nur unter der Bedingung, diesmal wirklich so lange an einem Ort zu bleiben, bis ich ausziehen würde, war ich einverstanden gewesen.

»Such dir schon mal ein Zimmer aus!«, schlug mir Mum vor und öffnete die Tür.
Ich sah mich um und ging dann die Treppe hinauf. Oben blieb ich stehen. Mir gegenüber befand sich ein Raum. Ich öffnete die Tür und trat hinein. Der Raum war schön. Nicht sehr groß, aber er gefiel mir gut.
»Ich glaube, ich habe eins gefunden.«, rief ich Mum zu, die die Haustür hinter sich schloss.
»Gut. Ich hoffe, die Lieferwagen mit den Möbeln kommen gleich.«, sagte Mum. »Dann kannst du anfangen

dein Zimmer einzurichten. Ist der Anstrich für dich in Ordnung oder müssen wir morgen noch Farbe besorgen?«

Das Zimmer war in einem ganz leichten, sanften Gelbton gestrichen. Das machte das Zimmer schön hell. Ich fühlte mich wohl darin.

»Die Farbe ist schön.«, rief ich und ging die Treppe hinunter.

»Kannst du mir mit den Kartons helfen?«, fragte Mum. »Aber wenn deine Bauchschmerzen zu stark sind, dann lass es lieber.«

»Nein, es geht schon.«, erwiderte ich und ging zum Auto.

Ich nahm zwei Kartons und stellte sie im Flur auf den Boden. Bei dem neuen Haus hatte ich immer noch ein gutes Gefühl, warum auch immer, und meine Angst verflog langsam. Etwas war anders als bisher. Vorher hatte ich es einfach immer akzeptiert, wie es war, aber diesmal fühlte ich mich tatsächlich wohl.

Mum sah mich an und kam zu mir. Sie legte ihre Arme um meinen Hals und legte ihren Kopf auf meine Schulter. Wir sahen beide aus dem Fenster meines neuen Zimmers.

»Es ist schön hier.«, sagte ich und lächelte.

Die Bekanntschaft

Schon am nächsten Morgen schlenderten Mum und ich am Hafen entlang. Ich sah aufs Meer hinaus und atmete tief ein und aus, weil mir Mum empfohlen hatte, das zu tun.

Die Luft tat mir wirklich gut und für einen Moment glaubte ich tatsächlich, dass meine Bauchschmerzen weniger wurden. Aber vermutlich bildete ich mir das bloß ein. Ich hatte schon zu viel ausprobiert. Nichts von all dem hatte jedoch geholfen. Wie sollte dann ein Spaziergang am Hafen meine Bauchschmerzen lindern? Ich war mir immer noch nicht sicher, ob Edinburgh wirklich das Richtige für mich war.

Als kleines Mädchen war ich schon mal hier gewesen. Ich mochte die Stadt. Trotzdem wäre ich augenblicklich wieder in mein altes Leben in Hawick zurückgekehrt. Zu Emma, in mein schönes, kleines Zimmer und in meine alte Schule, in der ich mich stets wohl gefühlt hatte.

Am Abend legte ich mich in mein neues Bett und konnte gut einschlafen. Meine Bauchschmerzen waren nur noch sehr schwach, weshalb ich zur Ruhe kommen konnte. Ich war so müde von den vergangenen Tagen und fiel sofort in einen tiefen Schlaf. Mich überkam allerdings ein sehr merkwürdiger Traum. Ich schwamm darin im Meer und hörte plötzlich Stimmen. Stimmen, die mir sonderbar bekannt vorkamen. Ich konnte nicht wirklich verstehen, was mir die Stimmen mitzuteilen versuchten, aber ich konnte es durch Bilder, die ich sah, begreifen. Dann war plötzlich alles in ein grelles Licht getaucht und ich sah nur noch eine Fischflosse und unglaublich viele Muscheln, die in allen Regenbogenfarben glitzerten. Anschließend drehte sich alles um mich herum und ich geriet in einen Strudel, der mich immer mehr nach unten in die Tiefen des Meeres zog.

Völlig erschrocken und schweißgebadet wachte ich auf. Ich war geschockt. Alles hatte so eigenartig real auf mich gewirkt. Ich verstand nichts von dem, was ich geträumt hatte, aber dann fiel mir wieder ein, dass ich am Tag zuvor mit Mum am Meer spazieren gewesen war und ich vielleicht deshalb auch vom Meer geträumt hatte.

Ich stieg aus meinem warmen Bett und sah auf den Wecker. Elf Uhr morgens. Ich hatte sehr lange geschlafen, viel länger als sonst. Normalerweise stand ich immer schon um sieben Uhr auf, selbst am Wochenende, aber heute schien irgendwie alles anders zu sein.

Mum saß an unserem Frühstückstisch im Bademantel und las ein Buch. Sie sah kurz auf, als sie mich die Treppe hinunterkommen sah und lächelte.

»Ich rufe kurz Emma an. Ich habe ihr versprochen, mich bei ihr zu melden.«

»Richte ihr liebe Grüße von mir aus.«, entgegnete Mum und war sofort wieder in ihr Buch vertieft.

Früher hatten Emma und ich uns immer unsere wildesten Träume erzählt und darüber gelacht, aber dieses Mal erzählte ihr nichts von meinem sonderbaren Traum, als wäre er ein Geheimnis, das verborgen bleiben musste.

»Wie ist es so?«, fragte sie mich.

Ich wusste es noch gar nicht. Ich war noch nicht zur Schule gegangen, hatte erst wenig gesehen und hatte somit noch kein richtiges Urteil über mein Umfeld gefällt. Die Nachbarn hatte ich auch noch nicht gehört oder gesehen, aber alles in allem gefiel es mir doch ganz gut.

»Es ist in Ordnung.«, antwortete ich ihr.

»Ich werde mir dein neues Zuhause sicher bald ansehen können. Spätestens, wenn ich dich in den Sommerferien besuchen komme.«

»Ja, aber das dauert noch ewig lange. So kommt es mir zumindest vor!«, entgegnete ich.

»Ich muss auflegen, Jane. Ich ruf dich morgen nach der Schule an, ja?«

Und schon hatte sie aufgelegt. Ich war traurig darüber, dass wir uns nicht mehr so oft sehen würden. Sie war meine einzige Freundin und jetzt war ich ganz alleine.

Am darauffolgenden Tag fuhr mich Mum zu meiner neuen Schule, die mir rein äußerlich nicht so recht gefiel. Ich stieg aus und winkte Mum zu, die davonfuhr. Zuerst musste ich mich im Sekretariat melden und wurde zu meiner ersten Unterrichtsstunde geführt. Mrs Miller war meine Englischlehrerin. Sie war ganz nett, bat mich jedoch, mich vor der gesamten Klasse vorzustellen. Es war mir unangenehm, aber ich überstand es irgendwie.

Meine neuen Mitschüler waren alle in Ordnung. Ein paar waren wirklich nett zu mir. Ein Mädchen namens Josie Shepherd wies mich auf wichtige Dinge hin, führte mich herum und bat mir ihre Hilfe an.

»Falls du sie mal brauchst. Ich denke aber, dass du sicher schulisch keine großen Probleme hast, oder? Ich helfe dir aber auch gerne bei anderen Dingen!«, sagte sie etwas nervös, aber herzlich.

»Vielen Dank! Mit so viel Hilfsbereitschaft hätte ich am ersten Tag nicht gerechnet!«, gab ich zu.

»Tja, so ist Josie.«, sagte ein Junge in unserer Nähe lachend. Josie lief rot an.

»Du scheinst einen guten Ruf zu haben.«, stellte ich fest.

»Ich helfe bloß gerne.«, antwortete Josie und lächelte. »Das ist alles.«

Mum holte mich nach der Schule ab und wir fuhren nach Hause.

»Jane, ich muss gleich wieder los zur Arbeit. Bleibst du so lange alleine?«, fragte sie mich und ließ mich aussteigen.

Ich nickte. Was blieb mir auch anderes übrig?

»Nachher können wir uns gemeinsam die Innenstadt genauer ansehen!«, meinte sie aufmunternd.

Ich nickte, gab ihr einen Kuss und ließ sie fortfahren. Dann setzte ich mich an unseren Küchentisch, weil ich noch keinen neuen Schreibtisch hatte und fing an, meine Hausaufgaben zu machen. Emma hatte gesagt, sie würde nach der Schule anrufen. Normalerweise konnte sie es kaum abwarten, bei mir anzurufen und wenn sie in der Vergangenheit gesagt hatte, sie würde nach der Schule anrufen, klingelte sobald sie zu Hause war bei uns das Telefon. Aber heute war es anders. Ich starrte immer wieder auf mein Handy, weil ich gerne mit jemandem gesprochen hätte, aber es klingelte nicht und Emma hatte auch keine Nachricht hinterlassen.

Ich sah kurz aus dem Fenster und bemerkte plötzlich draußen etwas. Langsam stand ich auf und stellte mich für einen Moment vor das Fenster. Ich konnte aber nichts erkennen und setzte mich wieder.

Dann sah ich wieder etwas in meinem Augenwinkel. Irgendeine Gestalt, die vor unserer Mauer vorbeischlich. Mir wurde etwas mulmig zu Mute. Das fängt ja gut an, dachte ich. Gleich am zweiten Tag überfallen und ausgeraubt zu werden, war keine schöne Vorstellung für mich. Obwohl ich mich fürchtete, ging ich zur Tür und öffnete sie, mein Handy fest umklammert, für den Fall, dass ich die Polizei verständigen musste.

Ich sah umher und fragte mich, was ich wohl gesehen hatte. Dann, ganz plötzlich, fiel etwas Großes aus dem Baum, der an unserer Mauer stand, auf unsere Wiese und stöhnte.

Ich erschrak und machte einen Schritt zurück. Der Körper auf dem Boden räkelte sich auf und strich sich den Schmutz von der Hose. Erst jetzt erkannte ich, dass es ein Junge war, etwa in meinem Alter.

»Hast du dich verletzt?«, fragte ich besorgt und sah zu ihm herüber.

»Nein. Es ist nichts passiert.«

»Wirklich nicht? Du bist sehr hart gestürzt!«

»Nein, es geht schon.«, antwortete er und sah mich an.

»Was hast du denn dort oben gemacht?«, wollte ich wissen.

»Das ist mir wirklich unangenehm. Normalerweise mache ich so etwas nicht.« gestand er. »Das Haus stand ziemlich lange leer. Es liegt auf meinem Schulweg. Jetzt plötzlich ist es wieder bewohnt und ich wollte wissen, wer dort eingezogen ist. Für gewöhnlich bin ich nicht so neugierig. Es tut mir leid.«, gab er verlegen zu.

»Aha.«, lachte ich. »Und du dachtest, du erfährst, wer eingezogen ist, indem du auf deren Mauern und Bäume kletterst?«

»Nein, aber es war mir peinlich, hier herumzuschnüffeln und da habe ich den Baum gesehen...«

»Ich verstehe.«, meinte ich grinsend und sah ihm dann in die Augen. »Ich bin Jane Starling. Ich lebe hier mit meiner Mutter Abbie und wer bist du, wenn ich fragen darf?«

»Ich bin Robert Cariston. Aber alle nennen mich nur Rob. Ich wohne mit meinen Eltern und meiner Schwester ein paar Straßen weiter. Schön dich kennenzulernen!«, meinte Rob und sah dabei sehr freundlich aus.
Er räusperte sich und strich durch sein braunes Haar.

»Wo kommst du her?«, wollte er dann noch wissen.

»Ich habe vorher in Hawick gewohnt.«, antwortete ich. »Lebst du schon immer hier?«

»Ja, ich bin hier groß geworden. Seit siebzehn Jahren lebe ich hier. Mein ganzes Leben. Ich liebe Edinburgh. Ich glaube, ich kann mir gar nicht vorstellen, irgendwo anders zu wohnen.«
Bei dem Gedanken daran, wie oft ich im Gegensatz zu ihm bereits umgezogen war, musste ich schmunzeln.

»Magst du das Meer?«, fragte er mich dann.
Ich nickte. »Ja.«

»Wir haben eine Yacht, wenn du Lust hast, kannst du am Samstag mit uns eine kleine Tour machen.«, bot Rob nervös an.

»Ich werde meine Mutter fragen. Aber es würde mir sicher gefallen!«

»Das freut mich!«, sagte Rob mit einem Lächeln.«

»Gibst du mir deine Nummer? Dann gebe ich dir Bescheid, ob ich kommen kann, sobald ich mit meiner

Mutter gesprochen habe.«, entgegnete ich und lächelte zurück.

Ich war froh, endlich mal jemanden aus der näheren Umgebung kennengelernt zu haben. Ich wusste nicht genau, was ich von Rob halten sollte, außer, dass er sehr nett zu mir war. Ich musste lachen, als ich an seinen Sturz vom Baum dachte.

Mum kam spät nach Hause. Ihr Tag war sichtlich anstrengend gewesen. Ich setzte mich zu ihr auf die Couch und wollte wissen, ob ich am Wochenende mit Rob und seiner Familie eine Bootstour machen dürfte.

»Kennst du die Leute überhaupt? Ich weiß nicht, ob das so eine gute Idee ist. Lass es besser bleiben!«, gab Mum mir zur Antwort und setzte ihre Lesebrille auf, die sie im Haar stecken hatte.

»Wieso? Rob ist ein ganz freundlicher Typ und außerdem kenne ich sonst eigentlich niemanden hier. Ich bin froh, wenn ich Anschluss finden kann!«, entgegnete ich und konnte meine Mutter nicht verstehen.

»Und was ist, wenn du plötzlich deine Bauchschmerzen bekommst? Die Leute sind dann doch völlig überfordert und wissen nicht weiter. Das solltest du ihnen nicht zumuten!«

»Mum! Mit Emma bin ich sogar schon campen gewesen. Damals fandest du die Idee toll. Was ist denn jetzt auf einmal los? Jetzt bin ich eine *Zumutung*? Darf ich keine neuen Freunde finden?«

»Liebling, ich erlaube es nicht. Das ist die Antwort. Ende der Diskussion!«, schrie meine Mutter beinahe.

Da war ein Funkeln in ihren Augen, das mir das Gefühl gab, als gäbe es einen ganz anderen Grund dafür, dass

Mum mich nicht mit Rob einen Ausflug machen ließ, welchen sie mir aber, warum auch immer, vorenthielt.

Ich lief in mein Zimmer und schloss mich ein. Was war nur in sie gefahren? Noch nie hatte ich es erlebt, dass sie so hart zu mir war. Sie war immer der lockere Typ Mutter gewesen, um den mich ja schließlich viele beneidet hatten. Vielleicht war ihr erster Arbeitstag der Grund für ihre Verstimmtheit, dachte ich. Ich ließ aber nicht locker und sprach sie auch beim Frühstück am nächsten Morgen darauf an.

»Jane! Ich habe es dir verboten. Ich will nicht, dass du mit fremden Leuten unterwegs bist. Was weißt du, was dieser Ron von dir will?«

»Er heißt Rob, Mum, und er war sehr nett zu mir. Er will mir doch bloß helfen, mich hier einzufinden. Das ist wirklich lieb von ihm. Wenn ich ihm absage, dann wird er sicher ein schlechtes Bild von mir haben und das möchte ich einfach nicht.«, antwortete ich.

»Ich glaube nicht, dass er, wenn er so nett ist, wie du sagst, einen schlechten Eindruck von dir hat, wenn du ihm sagst, dass du nicht kannst. Und wenn schon, du lernst sicher noch andere in deinem Alter kennen! Falls nicht, haben wir doch immer noch uns!«, meinte Mum und zog mich an sich. Ich schüttelte sie ab.

»Das ist wirklich gemein von dir! Ich bin dir scheinbar total egal. Ich werde hingehen, ob es dir gefällt oder nicht!«, schrie ich und rannte aus dem Haus.

»Das lässt du schön bleiben!«, rief mir Mum hinterher, aber ich hörte sie schon kaum mehr.

Ich beeilte mich, um rechtzeitig zur Schule zu kommen. Josie begrüßte mich freundlich, was meine schlechte Laune etwas aufbesserte.

»Was ist denn los?«, wollte sie wissen. »Du musst nicht darüber reden, wenn du nicht willst, aber ich bin gerne für dich da!«

Ich schüttelte den Kopf.

»Es ist nichts. Ich habe nur schlecht geschlafen und bin auf die neuen Lehrer gespannt.«, log ich.

Ich wollte Josie nicht anlügen und ich fühlte mich deshalb schlecht, denn sie meinte es gut, aber ich wollte einfach nicht darüber reden. Außerdem war es kaum erwähnenswert.

Auf dem Nachhauseweg traf ich zufällig auf Rob.

»Hi, Jane! Kommst du am Samstag mit uns?«, wollte er wissen.

»Ich habe es fest vor, aber meine Mutter hält das für keine gute Idee.«, antwortete ich.

»Oh.«, entwich es Rob. Er wirkte ein wenig enttäuscht. »Wenn du möchtest, kannst du deine Mutter auch gerne mitbringen, oder hat sie Angst vor dem Meer?«, schlug er dann vor.

»Nein, ganz im Gegenteil, sie liebt das Meer. Sie ist Meeresbiologin. Aus diesem Grund sind wir hierher gezogen, aber mitbringen werde ich sie sicher nicht. Das wäre keine gute Idee.« , lachte ich.

»Wieso nicht?«, fragte Rob.

»Sie kann peinlich sein. Und sie würde sehr wahrscheinlich nicht von meiner Seite weichen!«

Rob musste lachen und lächelte mir dann freundlich zu.

»Nun gut, aber ich will nicht, dass du wegen dieser Einladung Ärger mit deiner Mutter bekommst. Du musst nicht kommen. Das wäre auch okay!«

»Nein, ich komme!«, sagte ich lächelnd, aber bestimmt, auch wenn ich noch nicht wusste, wie ich Mum noch überzeugen sollte. Sie war hartnäckig. Sie gab mir zwar Freiheiten, aber wenn sie sich mal etwas in den Kopf gesetzt hatte, war es so gut wie unmöglich, sie umzustimmen.

Wir unterhielten uns noch ein wenig, bis wir an Robs Straße vorbeikamen.

»Ich wohne hier. Also dann bis Samstag um drei?«

»Bis Samstag um drei!«, gab ich zur Antwort und ging nach Hause.

Ich wollte Mum wirklich nicht mitnehmen. Das wäre keine gute Idee gewesen. Ich hatte inzwischen auch schon ein wenig Verständnis für Mum. Vielleicht glaubte sie, dass Rob einer von den Kerlen sei, die darauf aus waren, ein Mädchen bloß zu verführen. Da könnte ich sie beruhigen. Rob war ein ganz freundlicher, höflicher und offener Typ. Er war gerade mal ein paar Monate älter als ich. Er schien mich einfach leiden zu können. So wie ich ihn. Aber er war sicher kein Aufreißer. Bei dem Gedanken musste ich augenblicklich anfangen zu lachen.

Ich erledigte meine Hausaufgaben, als das Telefon klingelte, das jetzt endlich angeschlossen war. Ich hatte Emma eine Nachricht geschrieben und ihr unsere neue Telefonnummer genannt und gehofft, dass sie sich melden würde. Ich ging ran.

»Hi, hier ist Emma. Na? Sorry, dass ich in letzter Zeit nicht angerufen habe, aber ich hatte so unglaublich viel zu tun. Erzähl mal, wie ist es denn so?«

Ich war irgendwie froh, meiner besten Freundin endlich alles anvertrauen zu können. Wir unterhielten uns fast zwei Stunden lang. Ich war wirklich froh, dass sie mich angerufen hatte, denn ich hatte bereits befürchtet, dass sie sich nicht mehr melden würde. Doch ihre Stimme beruhigte mich ungemein und ich erzählte ihr von meiner neuen Schule.

Dort gefiel es mir inzwischen recht gut. Josie hatte mir in allen Fächern, die wir gemeinsam hatten, einen Platz neben sich reserviert. Natürlich war ich darüber sehr dankbar und freute mich.

Später, als ich hörte, dass Mum wieder zu Hause war, ging ich schnell in mein Zimmer, da ich ihr nicht begegnen wollte. Sie war unfair zu mir gewesen, auch wenn ich versuchte sie zu verstehen, weil sie sich als meine Mutter natürlich Sorgen machte.

Es war schneller Wochenende, als ich es erwartet hatte. Ich freute mich sehr auf den Ausflug mit Rob und seiner Familie, keine Ahnung, warum es mir so spannend erschien. Ich freute mich einfach, Anschluss zu finden. Robs Eltern waren sicher nett und seine Schwester könnte vielleicht eine gute Freundin werden, sie war ja nur etwa ein Jahr jünger als ich.

Dann war es soweit. Ich hatte alles genauestens geplant, obwohl es da nicht viel zu planen gab. Robs Familie wollte mich um fünfzehn Uhr abholen. Mum musste samstags bis zwanzig Uhr arbeiten, weshalb ich mir wegen ihr keine Gedanken machen brauchte. Ich wollte ihr aber auch keine Sorgen bereiten, sodass ich ihr einen Zettel hinlegen wollte.

Hi Mum,

es tut mir leid, aber ich musste heute einfach mit Rob und seiner Familie den Ausflug machen.

Ich bin rechtzeitig zurück. Also, mach dir keine Sorgen.

Hab dich lieb!!

Jane

Ich wartete, bis ein schwarzes, großes Auto vor unserem Haus parkte. Rob hatte mir gesagt, dass seine Familie mich abholen würde. Ich hatte mein Lieblingskleid angezogen und mich etwas zurechtgemacht, um einen guten Eindruck zu hinterlassen. Ich ließ es einmal läuten und öffnete dann. Rob stand in der Tür und lächelte mich an.

»Bist du soweit?«

Ich lächelte und nickte. Ich war bereits gespannt. Sein Vater saß am Steuer und sah sehr freundlich aus. Ich setzte mich nach hinten, neben Rob und seine Schwester. Seine Mutter drehte sich zu mir und lächelte mich an. Ihr Anblick faszinierte mich. Ich hatte noch nie in meinem Leben eine so hübsche Frau gesehen. Sie hätte seine etwas ältere Schwester sein können. Ich konnte keine einzige Falte auf ihrem wunderschönen Gesicht erkennen. Aber es wirkte vollkommen natürlich, nicht wie durch Schönheitsoperationen zurechtgemacht. Sie hatte schulterlange, blonde, wellige Haare, die sie noch schöner und jünger wirken ließen.

»Du musst Jane sein, ich bin Rose. Es freut mich, dich kennenzulernen!«, sagte sie freundlich zu mir.

Seine Schwester stellte sich ebenfalls vor.

»Hi, ich bin Tiffany!«, meinte sie und gab mir die Hand.

Sie schien sehr gut erzogen zu sein und war unglaublich hübsch. Genau wie ihre Mutter hatte sie blonde, leicht gelockte Haare. Ich wusste, dass ich mit der Schönheit von Rose und Tiffany in keiner Weise mithalten konnte, aber trotzdem fühlte ich mich in ihrer Anwesenheit sehr wohl.

Wir fuhren los und auch Robs Vater, Harold, begrüßte mich freundlich. Als wir am Hafen ankamen, blieben wir vor der größten Yacht, die ich sehen konnte, stehen.

»Wow.«, sagte ich.

Rob lächelte.

»Die Yacht gehört meiner Mum. Dad hat sie ihr geschenkt und meine Mum mag es groß und eindrucksvoll. Mir hätte ein kleines Boot völlig gereicht, aber es ist ja schließlich nicht meine Yacht.«

Wir betraten die Yacht und machten dann eine Tour damit. Es war schön und mir wurde kein bisschen schlecht, obwohl ich das erwartet hatte. Ich war noch nie auf einer solchen Yacht gefahren und ich fragte mich, was sie wohl gekostet haben musste. Sie war sicher ein Vermögen wert, so groß, wie sie war.

Später, als wir zurück am Hafen waren, aßen wir noch zusammen unter Deck.

»Rob hat mir erzählt, du würdest nur mit deiner Mutter zusammenleben, stimmt das? Was ist mit deinem Vater?«, fragte Rose.

Ich sah Rob an und er schien genauso irritiert von dieser sehr persönlichen Frage wie ich.

»Mein Vater ist schon länger tot.«, antwortete ich verlegen und fragte mich, wie Rose mir so eine Frage stellen konnte, wo sie doch von Rob wusste, dass ich nur mit meiner Mutter zusammenlebte.

Ich verstand nicht, wie sie scheinbar nicht ahnen konnte, dass es ein Thema war, über das ich nicht gerne sprach.

»Das ist ja schrecklich, vermisst du ihn sehr?«, fragte Robs Mutter weiter.

Ich wusste nicht, was das sollte. Ich war es nicht gewohnt, solche Fragen gestellt zu bekommen. Wieso wollte Rose nicht einfach eine gewöhnliche Konversation führen, warum fragte sie mich sofort nach meinem Vater? Es war mir wirklich unangenehm, aber ich wollte nicht unhöflich sein, auch wenn sie es war, und beantwortete ihre Fragen. Rob warf Rose immer wieder böse Blicke zu, aber sie schien sie nicht wahrzunehmen oder wollte es nicht.

Ich räusperte mich.

»Sicher, er fehlt mir, aber ich war damals noch sehr jung und meine Erinnerungen an ihn sind sehr vage.«

»Es ist doch bestimmt nicht immer leicht ohne Vater aufzuwachsen?«, löcherte Rose weiter.

»Meine Mutter hat immer ihr Bestes gegeben.«, flüsterte ich und dachte an die anfangs schlimme Zeit ohne Dad zurück.

»Hast du das Gefühl, dass sich dieser Verlust negativ auf dein Leben auswirkt? Ich habe schon von Halbwaisen gehört, die ihr Leben später nicht in den Griff bekommen, weil ihnen der Verlust eines Elternteils so sehr zugesetzt hat!«

»Mum!«, schrie Rob wütend.

Ich erschrak und blickte in sein zorniges Gesicht.

»Was soll das? Was sollen diese vielen, unhöflichen Fragen?«

Rose atmete tief durch und sah etwas verlegen zu Harold. Dieser sah ebenfalls sehr wütend aus. Tiffany blickte zu Boden. Ihr war die Situation sichtlich sehr unangenehm.

»Ich… ich muss mal auf Toilette!«, stammelte ich, stand auf und lief an Deck.

Die Tränen brannten in meinen Augen. Diese Fragen hatten in mir etwas ausgelöst, was ich immer versucht hatte zu unterdrücken. Ich hatte es, so gut es ging, die ganzen Jahre über verdrängt. Auch wenn ich meinen Vater nie wirklich kennengelernt hatte, fehlte er mir. Immer.

Die kühle Luft tat gut und ich sah aufs Meer hinaus. Ein Wolkenschleier bedeckte die untergehende Sonne. Rob war mir gefolgt und stellte sich neben mich. Ich wandte mein Gesicht ab, aber er sah die Tränen, die über meine Wangen liefen. Ich versuchte, stark zu bleiben und die Tränen zurückzuhalten, aber es gelang mir nicht.

»Sie meint es nicht so.«, sagte er leise.

Ich schüttelte den Kopf.

»Es ist nicht ihretwegen. Es kam nur plötzlich in mir hoch. Weißt du, es ist nicht einmal klar, ob mein Vater wirklich tot ist. Er ist einfach nach einem Tauchgang nicht wieder zurückgekommen. Es klingt dumm, das ist jetzt dreizehn Jahre her, und ich glaube auch nicht, dass er noch lebt, aber das macht es nicht gerade leichter. Meine Mutter musste ihn für Tod erklären.«, schluchzte ich.

Rob betrachtete die untergehende Sonne und sagte nichts. Er schien nachzudenken. Es war gut, dass er nichts sagte. Es war gut, dass er nicht versuchte, mich aufzuheitern. Mir gefiel, dass er da war und einfach bloß schwieg. Es gab so viele Menschen, die immer wieder versucht hatten, mich zu trösten und dabei viel falsch gemacht hatten.

Rob setzte sich auf die Reling der Yacht.

»Komm, ich helfe dir herauf, du wirst schon nicht ins Wasser fallen.«

Ich nahm seine Hand und er half mir auf die Reling. Wir

saßen dort und sahen uns den Sonnenuntergang an. Es würde nicht mehr lange dauern, bis die Sonne im Wasser untergeht.

Während ich hinunter auf das glänzende Meer blickte, verlor ich plötzlich das Gleichgewicht und stürzte hinab ins Wasser. Es geschah beinahe wie in Zeitlupe. Ich schrie auf. Rob erschrak und warf mir, so schnell es ging, einen Rettungsring zu. Zum Glück war ich eine gute Schwimmerin und hatte somit keine allzu große Angst.

»Warte einen Moment, ich hole Hilfe!«, rief Rob aufgeregt und verschwand hektisch.

Es war ein recht kühler Abend und das Wasser war eiskalt. Meine Zähne schlugen wie wild aufeinander. Schon bald begann ich das Gefühl in meinen Zehen zu verlieren. Wo blieb Rob? Ich versuchte mich zu bewegen, um mich so ein wenig aufzuwärmen. Es half jedoch kaum. Mein ganzer Körper fühlte sich immer schwerer an und wurde allmählich taub. Wann würde Rob endlich wiederkommen? Die Zeit schien unglaublich langsam zu vergehen, ich fühlte mich, als würde mein Körper zu Eis werden.

Meine Beine waren bereits völlig taub, als ich plötzlich einen Ruck in ihnen verspürte. Ich erschrak und Panik kam in mir auf. Ich versuchte, tief ein- und auszuatmen und mich damit zu beruhigen. Womöglich liegt es einfach an der Kälte, sagte ich mir. Aber dieses Ziehen in meinen Beinen hörte nicht auf und wurde immer schlimmer.

Ich betete, dass Rob endlich kommen würde. Mir kam es wie eine Ewigkeit vor, dabei war er sicher erst zwei Minuten fort und würde sicher auch jeden Moment wieder da sein. Immer wieder zuckten meine Beine ruckartig. Ich konnte es nicht kontrollieren und ich erschrak jedes Mal wieder aufs Neue. Es fiel mir immer schwerer, mich zu beruhigen. Ich begann zu schluchzen und hatte Todesängste. Ich wollte so schnell wie möglich aus dem Wasser.

Dann geschah auf einmal etwas Eigenartiges und vollkommen Unerwartetes. Ich spürte, wie mich eine ungeheure Kraft nach unten in die Tiefe zog. Ich schnappte noch einmal nach Luft, bevor ich allmählich immer tiefer unter die Wasseroberfläche gezogen wurde. Der Rettungsring, den ich mir übergestreift hatte, zerbrach unter der immensen Krafteinwirkung, die mich nach unten zog. Ich versuchte dagegen anzuschwimmen und schrie noch einmal auf, aber es klang eher wie ein Krächzen und es war bereits zu spät. Ich war schon mehrere Meter unter Wasser. Ich wähnte mich in einem Horrorfilm und dachte, dass dies der Augenblick meines Todes sein würde. Ich hatte große Angst. Ich fühlte mich hilflos und versuchte mit letzter Kraft, nach oben zu schwimmen. Ich schaffte es nicht und war mir nun sicher, dass ich sterben würde. Ich versuchte trotzdem, wenigstens die Luft, so lange es mir möglich war, anzuhalten. Vielleicht würde Rob mich doch noch retten. Ich wollte noch nicht aufgeben, aber der Druck auf meiner Lunge, die nach Sauerstoff verlangte, wurde größer und größer. Es war kaum noch auszuhalten.

Ich wurde weiter in die ungewisse Tiefe des Meeres gezogen und konnte auch nicht mehr sehen, ob Rob irgendwo war, um mir zu Hilfe zu kommen. Ich öffnete meinen Mund, um ein letztes Lebenszeichen von mir zu geben, aber die Unmengen an Wasser erstickten meinen Schrei.

Irgendwo hatte ich einmal gelesen, dass es ein friedvolles Gefühl sei zu ertrinken. Man würde sich nach einem ersten Schmerz frei und gut fühlen. Vielleicht war es ja wirklich ganz leicht zu sterben. Ich gab auf. Ich atmete Wasser ein. Meine Lungen brannten und ich schloss die Augen. Das Gefühl der Entspannung trat tatsächlich ein und ich fühlte mich leicht und alles schien friedlich.

Sekunden verstrichen, ohne dass etwas passierte. Natürlich wusste ich nicht, wie es sich anfühlte zu sterben, aber wider Erwarten verlor ich nicht mein Bewusstsein. Ich fühlte mich eigentlich sogar ganz gut. So, als hätte ich anstatt der Unmengen an Wasser, Sauerstoff eingeatmet. Ich wiederholte diesen Vorgang noch einige Male, aber es änderte nichts. Es ging mir weiterhin *gut*.

Ich sah mich um und blickte dann auf meine noch immer schmerzenden Beine und stellte fest, dass sie nicht mehr vorhanden waren. Stattdessen war an ihrer Stelle nun eine grün schimmernde *Flosse*. Mein Herz begann zu rasen und ich schloss für einen Moment meine Augen. Vielleicht hatte ich einfach nur eine Panikattacke und bildete mir all das bloß ein.

Ich sah ein weiteres Mal ungläubig an mir herab. Meine Strumpfhose und Schuhe waren durch die Flosse regelrecht *gesprengt* worden und Stücke davon trieben im Wasser umher. Ich traute meinen Augen nicht und fragte mich, ob ich nicht vielleicht doch tot war. Ich wusste nicht, was ich denken sollte. War all das nur ein Traum? War es Realität? Oder vielleicht eine Nahtoderfahrung?

Ich ruderte wie wild mit meinen Armen und, da der Sog nach unten nachgelassen hatte, bewegte ich mich ein Stück vorwärts und dann in Richtung Wasseroberfläche. Doch als ich aus dem Wasser blickte, sah ich dort keine Yacht. Wo war sie hin? So weit das Auge reichte, war da nur Meer.

Vielleicht war ich zu weit weggetrieben worden, denn ich war sicherlich eine ganze Zeit lang unter Wasser gewesen. Meine Lunge schmerzte schrecklich. Ich schrie vor Schmerz auf und konnte plötzlich wieder atmen. *Was ging hier vor?* Ich bekam große Angst. Das konnte kein Traum sein, auch wenn ich es noch immer hoffte. Es war einfach zu real.

Plötzlich griff etwas nach mit und zog mich erneut unter die Wasseroberfläche. Ich verspürte einen stechenden Schmerz in meiner Brust und konnte wieder atmen. Auch meine Augen schmerzten, aber wenige Augenblicke später konnte ich alles um mich herum gestochen scharf erkennen, obwohl es mittlerweile stockfinster unterhalb der Wasseroberfläche sein musste, da die Sonne bereits im Meer versunken war.

Ich drehte mich ruckartig um und blickte in ein wunderschönes Gesicht. Es war das Gesicht einer jungen Frau. Ihre Augen musterten mich eindringlich. Ich hoffte, dass sie eine Rettungsschwimmerin war, aber als ich sie genauer betrachtete, sah ich, dass sie anscheinend genau wie ich eine Flosse besaß.

Sie lächelte mich an und ich wurde ganz ruhig, weil ich spürte, dass ich mich nicht vor ihr fürchten brauchte.

»Jane? Ich bin Linda. Ich kann es einfach nicht glauben! Weißt du, ich dachte nicht, dass deine Mum so unachtsam sein würde! Ich hatte wirklich nicht mehr damit gerechnet, dich jemals wiederzusehen! Ich konnte es mir nicht vorstellen. Aber jetzt sehe ich dich und du bist es wirklich!«, sagte Linda völlig aufgelöst.

Ich war sprachlos.

»Komm mit mir! Ich werde mich um dich kümmern. Hast du Hunger? Ich glaube wir haben auch noch frisches Seegras...«

Ich folgte Linda, denn ich wusste, dass meine Chancen ohne sie hier draußen zu überleben nur sehr gering waren.

»Was ist mit mir passiert?«, fragte ich sie.

Linda hielt an und wandte sich mir zu.

»Jane«, sagte sie dann ergriffen und feierlich. »Du bist geheilt!«

Geheilt? Ich verstand nicht, was sie mir damit sagen wollte.

»Jane, wie alt bist du jetzt? Du müsstest sechzehn sein.«

»Ja, das stimmt und wie alt bist du?«, fragte ich zurück.

Mir kam diese Frage völlig überflüssig vor. Es gab viel wichtigere Fragen in diesem Moment.

»Ich bin neunzehn.«, antwortete Linda.

»Woher kennst du meinen Namen oder mein Alter? Ich bin dir doch noch nie begegnet!«

»Wir sind uns schon einmal begegnet, vor langer Zeit. Du kannst dich nur nicht mehr daran erinnern.«, entgegnete Linda und lächelte mir zu.

Ich musste mehr erfahren. Ich hatte keine Idee, wo ich war und was mit mir nicht stimmte.

»Wer bist du und wer bin ich? Was mache ich hier, was für ein Wesen bist du? Und wieso sprichst du meine Sprache?«, wollte ich wissen.

Ich ließ einfach all meine Fragen heraus. Ich konnte nicht anders.

»Hör zu, ich erzähle dir jetzt etwas, was dich von Grund auf verändern wird!«

»Eigentlich habe ich das Gefühl, bereits verändert genug zu sein.«, sagte ich und wunderte mich darüber, dass ich in dieser eigenartigen Situation so ruhig blieb.

»Deine Eltern sind doch Meeresbiologen. Schon seit langer Zeit plagt die Menschheit die Frage, ob es uns

36

wirklich gibt, uns Sirenen, Nixen, Meerjungfrauen, oder wie auch immer ihr uns nennt. Warum sollte es uns nicht geben? Euch gibt es doch auch! Das Meer ist so weit und groß, es gibt viele Verstecke und Tiefseegräben, die wir bewohnen, von denen ihr nichts wisst. Genau das reizt doch deine Eltern, nicht wahr?«, sagte Linda und sah mich auf eine seltsame Weise an.

»Damals, vor langer Zeit, begab sich Phil, dein Vater, auf Tauchgang. Seine Sauerstoffversorgung funktionierte jedoch plötzlich nicht mehr, sodass er bewusstlos wurde und wir ihn retteten. Er konnte sein Glück nicht fassen und stellte uns viele Fragen. Wir zeigten ihm unsere Welt, hießen ihn darin willkommen. Wir gaben ihm alte Schriften, klärten ihn über unsere Lebensweise auf und lehrten ihn alles, was wir wussten. Er war so glücklich und froh, eine solch große Entdeckung gemacht zu haben, aber das schien nicht genug für ihn zu sein. Er wollte sein Wissen mit der ganzen Menschheit teilen. Aber ohne Beweise würde man ihm nicht glauben, das wusste er. Die Sirenen jedoch hatten Angst, dass es gefährlich sein könnte, falls die Menschen über uns Bescheid wissen. Sie glaubten, dass es möglicherweise ihr Ende bedeuten könnte, man sie jagen und vielleicht sogar töten würde. Deshalb waren die Sirenen mit Phils Idee nicht einverstanden.«

Ich war von der Wucht an Informationen, die auf mich einprasselte, völlig überwältigt, doch ich kam gar nicht dazu, Fragen zu stellen, denn Linda fuhr ohne Unterbrechungen fort.

»Phil versicherte dem Volk der Sirenen, kein Wort über unsere Existenz zu verlieren, bedankte sich für alles und begab sich auf den Rückweg. Doch er hatte uns belogen, denn völlig unbeachtet, nahm er etwas mit, denn er

brauchte einen Beweis. Er nahm sich, ohne dass es jemand hätte merken können, etwas Kostbares mit.«
Ich konnte nicht glauben, was ich über Phil, meinen Vater, da erfuhr. Konnte das wirklich sein?

»Was nahm er mit?«, fragte ich.

»Dich!«

Mein Herzschlag setzte für einen Moment aus. Ich versuchte ruhig zu bleiben, aber es war schwer. Ich wünschte mir in diesem Moment nichts mehr, als aufwachen zu können. Aber ich wurde nicht wach, ich war es bereits und das war die Realität.

Ich konnte und wollte einfach nicht glauben, was Linda mir erzählte. Sollte das heißen, mein Leben war eine Lüge und mein Vater ein Verbrecher, dem sein Erfolg wichtiger als mein Leben war?

»Irgendwann kehrte er zurück.«, fuhr Linda fort. »Vielleicht unterschätzte er unsere Fähigkeiten und glaubte, wir wüssten nicht, dass er dich gestohlen hatte. Man nahm ihn fest und seitdem ist er von uns eingesperrt!«.

Ich schüttelte den Kopf.

»Mein Vater ist tot. Er kann unmöglich leben.«, sagte ich und hoffte, dass all das doch nur ein Missverständnis war.

»Hat Abbie dir das erzählt?«, fragte Linda.

»Meine Mutter? Wieso sollte sie es sich ausgedacht haben? Er ist nicht wiedergekehrt und sie musste ihn für tot erklären lassen.«, sagte ich und verstummte.

»Für tot erklärt.«, wiederholte Linda und sah mich auf eine seltsame Weise an.

»Mein Vater lebt?«, fragte ich ungläubig.

»Ja.«, entgegnete Linda. »Na ja, *beide* leben.«

Ich verstand nichts mehr. Linda schien meine Gedanken zu lesen und meinte dann: »Dein Vater lebt, ebenso lebt dein richtiger Vater!«

»Wenn mein Vater nicht mein Vater ist, dann ist meine Mutter auch nicht meine Mutter…?«, stellte ich fest.

»So ist es.«, antwortete Linda. »Aber mach dir keine Sorgen. Ich werde dir alles zeigen!«

»Linda, aber was ist mit Mum? Sie macht sich sicher Sorgen. Egal, was sie verbrochen hat, sie hat schon ihren Mann verloren. Und egal, wie schwer es mir fällt das jetzt zu sagen, sie liebt mich.«

»Mach dir keine Sorgen deswegen, du kannst später wieder zurück zu ihr. Eine Sache musst du noch wissen, ich hatte keine Zeit es dir früher zu sagen, aber ich will nicht, dass du es von jemand anderem gesagt bekommst… Jane, ich bin deine Schwester.«

Die Familie

»Du bist was?«, schrie ich beinahe. Mir wurde schwindelig.

»Deine Schwester, es ist die Wahrheit. Und wir haben auch dieselben Eltern.«, sprach Linda ganz ruhig.

Ich fragte mich, was ich heute noch alles erfahren würde. Ich war bis jetzt ein Einzelkind gewesen und jetzt hatte ich auf einmal eine ältere Schwester.

»Linda, ich muss zurück, noch heute. Weißt du, ich bin nicht freiwillig ins Meer gegangen, um von nun an als Meerjungfrau zu leben. Ich bin von einer Yacht aus ins Meer gefallen. Das macht einen Unterschied und ich muss zurück, weil sich die Leute sicher schon sorgen.«, argumentierte ich und war selbst etwas verwundert über meine so kleinen Sorgen.

Linda sah kurz weg und verkniff sich ein trauriges Gesicht.

»Nun gut, ich werde dich zurückbringen, aber ich will, dass du mir versprichst, wiederzukommen!«, meinte sie.

Ich wäre trotz der Umstände gerne noch länger geblieben, aber ich wusste auch, dass ich zurück musste.

»Natürlich komme ich wieder!«, versprach ich Linda.

Ich versuchte zu lächeln, aber es fiel mir schwer.

»Folge mir. Wir schwimmen an Land. Du musst dann den Leuten auf dem Boot irgendwie erklären, wie du wieder an Land kamst. Ich kann dich leider nicht bis zur Yacht begleiten. Aber auf dem Weg dorthin bringe ich dir bei, deine Flosse zu bewegen.«, meinte Linda und lächelte mich aufmunternd an.

Es war nicht so einfach, wie ich zuerst angenommen hatte. In Gedanken waren es immer noch meine Beine, die ich versuchte, zu bewegen. Es war unglaublich anstrengend, die Flosse zu kontrollieren und ich kam kaum voran. Sobald ich mich nicht zu einhundert Prozent darauf konzentrierte, sie zu bewegen, kam ich kein Stück mehr weiter. Schließlich hatte Linda wohl Mitleid mit mir und griff nach meiner Hand, um mich hinter sich her zu ziehen. Plötzlich waren wir unglaublich schnell.

Dann, endlich waren wir in der Nähe des Hafens und tauchten gemeinsam auf.

»Von hier aus sind es nur ein paar Meter bis zum Hafen.«, versicherte mir Linda. »Ich lasse dich nur ungern allein, aber den Rest schaffst du auch ohne mich.« Ich wusste nicht, was ich sagen sollte. Es musste schwer für sie sein, mich wiederzusehen und jetzt wieder gehen zu lassen. Linda hatte Schreckliches erlebt, denn sie hatte ihre Schwester verloren und dennoch immer die Hoffnung gehabt, sie eines Tages wiederzusehen. Nun war dieser Tag gekommen und ich konnte doch nicht bleiben.

Ich wollte sie wirklich nicht verletzen. Sie sah so freundlich und gutmütig aus. Ich dachte daran, wie sehr sie sich gefreut hatte, mich zu sehen und wie lange sie auf mich gewartet hatte.

Ich zog mich an Land, verspürte einen stechenden Schmerz in der Lunge und konnte wenig später wieder normal atmen. Aber was war mit meiner Flosse? Würde sie sich wieder in meine Beine verwandeln?

»Warte Linda, was ist mit meiner Flosse?«, fragte ich besorgt.

»Ich weiß nicht... Bis jetzt kannte ich niemanden, der sowohl Mensch als auch Sirene ist. Aber ich gehe davon aus, dass sie sich zurückbildet. Deine Atmung verändert sich doch auch!«, meinte sie.

Während sie mit mir redete, musste sie immer wieder untertauchen, um unter Wasser tief einzuatmen.

»Aha. Dann warte ich hier eben in der Dunkelheit ganz alleine auf meine Beine!«, lachte ich ängstlich.

Nur einen Augenblick später verspürte ich einen grässlichen Schmerz, wie ich ihn nie zuvor gekannt hatte. Kurze Zeit später wurde ich vor Schmerzen ohnmächtig. Als ich wieder zu mir kam, war Linda noch immer bei mir. Sie war nicht weggeschwommen, sondern in meiner Nähe geblieben.

»Geht es dir gut?«, fragte sie besorgt.

Ich nickte noch etwas benommen. Die Schmerzen waren zwar noch nicht ganz weg, aber ich konnte mich vorsichtig aufrichten und versuchte, ein paar Schritte auf meinen völlig tauben Beinen zu laufen.

Linda lächelte mir zum Abschied zu.

»Versprich mir, du erzählst niemandem etwas!«, bat sie mich.

Ich versprach es und verabschiedete mich von ihr.

Zu Hause kam ich völlig erschöpft an. Ich war mit dem Bus gefahren, barfuß und völlig durchnässt. Die wenigen Menschen im Bus hatten mich auf eine beunruhigende Weise angesehen. Manche fragten mich, ob alles in Ordnung sei. Ich nickte bloß und war froh, als ich endlich aussteigen konnte.

Mum schien mein Verschwinden sehr beunruhigt zu haben, denn sie war noch wach, was ich daran erkennen konnte, dass überall im Haus noch Licht brannte. Das war untypisch für sie, denn meist ging sie vor mir ins Bett.

Noch bevor ich die Haustür erreichte, öffnete sich diese und Mum rannte auf mich zu.

»Wo warst du?«, schrie sie. »Ich hab mir solche Sorgen gemacht. Dir hätte so viel passieren können!«
Und was mir alles passiert war!

»Ich hatte dir doch einen Zettel auf den Tisch gelegt!«, sagte ich, wohlwissend, dass es sie nicht milde stimmen konnte.

»Und wieso bist du so nass, Jane? Wo zur Hölle bist du gewesen?«
Angst schwang in ihren Worten mit. Ich fiel ihr einfach nur um den Hals und weinte. Vielleicht, weil ich wusste, dass sie nicht meine Mum war, obwohl ich sie liebte. Mein ganzes Leben lang war sie mein Ein und Alles gewesen. Wir waren so etwas wie gute Freundinnen gewesen. Immer wenn es mir schlecht ging, versuchte sie mich zu trösten, auch wenn sie wenig Zeit hatte.

Sie hatte es nie leicht gehabt. Und selbst wenn ihr Mann ein Verbrecher war und mir ein anderes Leben vorenthalten hatte, war es schrecklich für sie gewesen, ihn zu verlieren. Auch wenn ich damals noch sehr klein gewesen war, konnte ich mich daran erinnern, wie schlecht es ihr ging. Wie viel sie geweint und sich alleine gefühlt hatte, beinahe verzweifelt war und sich doch immer wieder für mich zusammengerissen hatte.
Mum liebte Dad so sehr und noch immer, nach all der Zeit. Daran hatte ich nie gezweifelt.

Sie hielt mich ganz fest, als wäre es das letzte Mal. Sie küsste meine Wange und mein feuchtes Haar. Eine halbe Ewigkeit lag ich in ihren Armen.

Sollte ich auf ihre Frage noch antworten, oder wusste sie bereits alles? Einiges sprach dafür. Ich hörte mich laut schluchzen.

Mit einem Mal war mir der Boden unter den Füßen weggerissen worden. Womit hatte ich das verdient? Es war seltsam: Mein ganzes Leben lang wollte ich immer etwas Besonderes erleben, niemand sein, der ganz gewöhnlich war, aber *das* war einfach zu viel.

Schwer war auch für mich, eine Entscheidung zu treffen, was ich tun sollte. Ich war so überwältigt von meinen Gefühlen und konnte keinen klaren Gedanken fassen. Es waren zu viele Fragen offen und es gab noch so wenige Antworten.

Mum löste sich von mir und sah mich an. In ihren Augen lag ein Ausdruck der Angst und ich erkannte auch tiefe Trauer. Ich wusste, was sie dachte. Sie hatte Angst davor, dass ich sie nun verlassen würde. Sie hatte außer mir niemanden mehr. Keine Eltern, keinen Mann und bald vielleicht kein Kind mehr.

Würde ich sie verlassen? Sie hatte mir einfach so unendlich viel vorenthalten. Und wenn ich daran dachte, dass ich auch wegen ihr das Leben, das für mich vorbestimmt war, nie hatte führen können, fragte ich mich, ob sie mich wirklich liebte. Aber tief in meinem Herzen wusste ich, das tat sie. Mir liefen erneut heiße Tränen über mein Gesicht. Keiner von uns wollte anfangen, etwas zu sagen. Ich wusste nicht, womit ich beginnen sollte und ich sah Mum an, dass sie nicht darüber sprechen wollte.

Ich spürte, dass sie Angst davor hatte, zu gestehen, was sie getan hatte. Sie sah plötzlich so fremd aus. So blass und zerbrechlich. Ich kannte sie so nicht. Sie war immer sehr schlank und etwas mager gewesen, aber schwächlich hatte sie dadurch nie gewirkt. Auch wenn ich irgendwo tief in mir eine unbändige Wut auf sie verspürte, konnte ich sie für das, was sie getan hatte, nicht hassen.

»Mum, wir müssen reden!«, flüsterte ich.
Mum sah mir in die Augen und stimmte mir dann zu.
»Morgen. Geh jetzt duschen!«
Ihre Stimme war zittrig und dennoch bestimmt. Ich ging auf direktem Weg unter die Dusche. Ich spürte jetzt die Kälte wieder viel mehr, sodass ich mich nach einer heißen Dusche sehnte. Als ich noch mit Linda im Meer gewesen war, hatte ich die Kälte überhaupt nicht wahrgenommen.

Mein Bett war recht gemütlich, doch ich konnte nicht schlafen. Zu viele Gedanken schwirrten durch meinen Kopf. Fragen, auf die ich keine Antworten fand. Was hatte das alles zu bedeuten? Was für Folgen würde dieses Erlebnis für mich haben? Wie konnte das sein? Warum ich? Mir wurde schwindelig und mein ganzer Körper stand unter Spannung.

Irgendwann schlief ich vor Erschöpfung ein. Es war kein erholsamer Schlaf. Eher belastend. Ich wollte nicht nachdenken, ich wollte nur von völliger Dunkelheit umgeben sein. Gleichzeitig war diese Finsternis bedrohlich, denn sie gab mir das Gefühl, alleine und hilflos zu sein.

Wasserwelten

Am darauffolgenden Morgen wachte ich schweißgebadet auf. Ich zitterte am ganzen Körper. Ich sah aus dem Fenster, konnte aber nichts erkennen. Meine Augen wurden stark geblendet und ich schloss sie so schnell es ging wieder.

Ich öffnete meine Augen erneut und versuchte, die Bilder in meinem Kopf zu ordnen. Plötzlich erschien mir alles wie ein Traum. Was geschehen war, hatte so wenig mit der Realität zu tun, dass ich an meinem Verstand zweifelte. Stimmte etwas nicht mit mir?

Aber während ich darüber nachdachte, wurde meine Erinnerung immer klarer. Ich hatte gestern wirklich Rob auf die Yacht seiner Familie begleitet. Ich war wirklich von dort aus ins Meer gestürzt. *Ich hatte mich verwandelt!*

Allein an diese Worte zu denken, verursachte bei mir Kopfschmerzen. Warum musste ausgerechnet mir so etwas geschehen? Ich wollte doch bloß in Edinburgh einen Neuanfang mit meiner Mutter wagen und mich mit Problemen zurechtfinden, die völlig normal waren. Nicht meine ganze Existenz und mein bisheriges Leben in Frage stellen. Ich wollte mich nicht an den Vortag erinnern und das Geschehene auch nicht wahrhaben.

Vielleicht gibt es eine logische Erklärung für all das, dachte ich. Möglicherweise hatte ich nur einen bösen Traum gehabt. Ich hoffte es so sehr.

46

Dann fiel mir plötzlich ein, dass Rob ja gar nicht wusste, was mit mir geschehen war. Seine Familie hatte sich meinetwegen sicher große Sorgen gemacht und vielleicht machte er sich Vorwürfe. Es war mir peinlich, was vorgefallen war, wenn ich an das Erlebnis auf der Yacht dachte, wie ich heulend davon gelaufen und ins Wasser gefallen war.

Ich hätte mich zusammenreißen sollen, Rob zuliebe, auch wenn das Verhalten seiner Mutter unmöglich gewesen war. Für einen Moment machte ich mir Sorgen, dass er jetzt vielleicht nichts mehr mit mir zu tun haben wollte, verdrängte den Gedanken aber ganz schnell wieder.

Langsam ging ich ins Bad und machte meine Haare zurecht. Ich sah auf die Uhr, die an der Wand hing, und wusste, dass ich erst am Nachmittag mit Mum würde sprechen können, denn sie war bereits auf der Arbeit.

Normalerweise ging ich nicht so gerne in die Schule, aber heute hätte ich es mir gewünscht. Doch es war Sonntag. In der Schule wäre ich beschäftigt gewesen und hätte vielleicht nicht an die seltsamen Ereignisse des Vortags gedacht und die Erinnerungen daran, die sich nicht abschütteln ließen.

Ich wusste nicht, was ich tun oder denken sollte. Ich fühlte mich total hilflos und ich war völlig verwirrt. Dann fiel mir Rob wieder ein und ich erschrak. Ich wusste, dass es das Beste sein würde, ihn gleich anzurufen. Das tat ich dann auch. Ich fragte mich, während ich seine Nummer wählte, ob seine Familie überhaupt hatte schlafen können.

Es klingelte genau dreimal, bis jemand ranging.

»Hallo?«

Ich erkannte seine Stimme sofort.

»Ich bin es, Jane.«

Einen Moment lang herrschte Stille. Vielleicht war er geschockt oder war sich wirklich nicht sicher, wer mit ihm sprach.

»Oh, Jane!«, sagte er dann erleichtert.

Ich hatte ihnen Sorgen bereitet, keine Frage.

»Es tut mir leid.«, sagte ich leise. »Dass ich mich nicht eher gemeldet habe.«

»Wie geht es dir? Ich hab mir solche Sorgen um dich gemacht. Als ich zurückkam, warst du nicht mehr da.«

Ich schwieg.

»Wir haben sofort Hilfe verständigt, aber sie konnten dich nicht finden.«

»Ich weiß.«, sagte ich.

»Als wir dann irgendwann endlich deine Mutter erreichen konnten, meinte sie, du wärst bei ihr. Sie sagte, du seist von Personen auf einem anderen Boot gerettet worden. Du hattest solches Glück. Ich verstehe nicht, wie wir dich nicht finden konnten.«

Von diesem Anruf hatte ich nichts mitbekommen, ich war zu dieser Zeit vermutlich unter der Dusche gewesen. Mum hatte sich wohl eine Notlüge überlegen müssen. Es gab nun mal keine logischen Erklärungen für das, was geschehen war und die Wahrheit durfte niemand erfahren.

»Mir geht es wieder gut!«, log ich.

Wie sollte es mir schon gut gehen, mit der Gewissheit, eine Sirene zu sein?

»Es grenzt wirklich an ein Wunder, dass du überlebt hast. Hätten dich die Leute auf diesem Boot nicht entdeckt, wärst du vielleicht tot.«

Ich nickte leicht mit dem Kopf, obwohl ich mir darüber im Klaren war, dass mich Rob nicht sehen konnte.

»Ja, es scheint so.«

»Wir hatten große Angst um dich, Jane. Ich war wirklich glücklich, als ich erfuhr, dass es dir den Umständen entsprechend gut geht.« Noch immer schien er sich große Sorgen zu machen. »Und, was meine Mutter gesagt hat...«

»Ach, das ist schon vergessen. Entschuldigung, dass ich überreagiert habe.«, sagte ich ruhig.

»Du hast überreagiert? Meine Mutter hat sich völlig eigenartig aufgeführt. Du musst mir glauben, so verhält sie sich normalerweise nicht. Eigentlich nie. Sie ist immer nett, zu jedem. Ich weiß nicht, was in sie gefahren ist.«

»Und ausgerechnet mich kann sie nicht leiden?«

»Nein, Jane, so ist das nicht. Sie hatte vermutlich einfach einen schlechten Tag. Mach dir darüber keine Gedanken.«

»Okay.«, entgegnete ich und wollte Rob gerne glauben.

»Ich hoffe, dir ist jetzt nicht die Lust vergangen, noch einmal Zeit mit mir zu verbringen?«
Rob wirkte nervös und etwas verlegen auf mich, auch wenn ich ihm nicht direkt gegenüberstand. Es lag etwas in seiner Stimme.

»Nein, natürlich nicht.«, sagte ich mit einem Lächeln.

»Dann sehen wir uns bald wieder?«, fragte er.

»Auf jeden Fall.«, entgegnete ich und fühlte mich glücklich und erleichtert.
Trotz dessen, was vorgefallen war, hatte ich scheinbar doch keinen allzu schlechten Eindruck bei Rob hinterlassen.

Ich frühstückte, sah ein wenig fern und machte das ganze Haus sauber, aber die Zeit wollte einfach nicht vergehen. Sie schien förmlich stillzustehen.

Ich hatte Angst vor dem Gespräch mit Mum. Was würde ich noch alles erfahren? Ich versuchte, die wichtigsten Fragen auf einem Blatt zu notieren, um sie nicht zu vergessen. Es waren so unglaublich viele Fragen und es kamen immer mehr hinzu. Ich zweifelte daran, ob Mum überhaupt in der Lage sein würde, sie alle zu beantworten.

Das spielte jedoch keine große Rolle. Möglicherweise war es auch gut, wenn ich nicht alles erfahren würde. Andererseits lag es in der Natur des Menschen, erfahren zu wollen, wer er war. Es stellte sich mir allerdings auch die Frage, ob ich überhaupt noch ein Mensch war.

Ich wartete und wartete. Es war etwa halb drei, als ich endlich Mums Auto vorfahren hörte. Ich war total aufgeregt. Was würde sie mir erzählen? Würde sie diesmal ehrlich sein? Selbst wenn sie mich anlügen würde, Linda könnte mir sicherlich die Wahrheit sagen. Aber Mum hatte keine Wahl, sie musste ehrlich zu mir sein. Und das wusste sie auch. Ich sah es ihr an, als sie ins Wohnzimmer kam.

»Hallo, mein Schatz!«, begrüßte sie mich wie gewohnt, aber mit zittriger Stimme.

Ich setze mich an den langen Glastisch, der einst Dad gehörte und den wir auch überall hin mitgenommen hatten. Egal in welche Wohnung. Er war eigentlich zu groß für die meisten Wohnzimmer gewesen, aber diesmal schien er genau passend zu sein.

Mum zog langsam die Jacke aus und hing sie auf. Ich verfolgte sie mit meinen Blicken und war unglaublich gespannt, was sie mir wohl erzählen würde. Sie ging in die Küche, nahm ein Glas aus dem Schrank und füllte Wasser hinein. Sie trank es in einem Zug leer und kam nun langsam mit bedächtigen Schritten auf mich zu. Irgendwie machte mir ihre fremde Art Angst. Mum konnte sehr direkt sein und jetzt schien sie sich absichtlich so viel Zeit zu lassen. Vielleicht versuchte sie, Zeit zu gewinnen. Vermutlich fürchtete sie sich davor, mir alles zu erzählen, denn sie verhielt sich eigenartig. Ich kannte sie so nicht. Ihr Gesicht war ganz blass, sodass ich noch viel unruhiger wurde, als ich es sowieso schon war.

Sie setzte sich an den Tisch mir gegenüber. Sie faltete ihre Hände und sah mich nicht einmal an. Ihre Augen starrten zu Boden. Ich wurde immer nervöser. Mum öffnete den Mund, schloss ihn aber wieder ganz schnell.

»Was hast du heute gemacht?«, fragte sie dann ganz plötzlich.
Es wirkte so, als wollte sie gar nicht darüber sprechen, was vor sechzehn Jahren geschehen war, wie sich alles ereignet hatte. Aber ich wollte es wissen, denn ich musste erfahren, wer ich eigentlich war. Auf eine gewisse Art und Weise fühlte ich mich verloren, weil ich mich selbst nicht mehr richtig kannte. Ich hatte Mum mein ganzes Leben lang vertraut und nun war alles anders.

Ich sah sie an. Noch immer war ihr Blick nach unten gerichtet, als wollte sie die Glasplatte mit ihrem Blick klirrend in tausend Scherben zerbrechen.

»Ich habe mir den ganzen Tag Gedanken gemacht!«, gab ich zur Antwort und wollte sie damit auf das versprochene Gespräch aufmerksam machen.

»Aha.«, stellte sie teilnahmslos fest.
Langsam kamen in mir Ungeduld und Wut auf.

»Mum!«, sagte ich energisch. »Du meintest, wir könnten heute reden!«

»Worüber du willst!«

Ich sah sie irritiert an.

»Sag mir einfach die Wahrheit. Sag mir, wie es aus deiner Sicht zu erklären ist, dass ich bin, wie ich bin!«

»Jane, was soll ich darauf denn antworten? Du bist wie du nun mal bist. Genauso eigensinnig wie deine Mutter!«

Beim letzten Wort blickte sie mich mit dunklen, verklärten Augen an.

Es schien für einen Moment so, als würde sie lächeln. Dann blickte sie wieder in die Ferne, aus dem Fenster hinaus.

»Mum!«, sagte ich laut und wütend. »Ich will wissen, wieso ich deiner Meinung nach eine Fischflosse habe und wieso ich an Land leben kann, wie alle anderen Menschen. Und ich will wissen, warum du mir all die Jahre die Wahrheit verschwiegen hast.«

Sie sah mich plötzlich vollkommen irritiert an. So, als sei ich verrückt geworden. Für einen Moment hätte ich es beinahe auch geglaubt.

»Jane? Liebling, geht es dir gut?«, fragte sie mich, als hätte ich meinen Verstand verloren.

Sie legte ihre Hand auf meine und sah mir dann in die Augen. Ihre Stimme war wieder gefestigt und ich fragte mich einen kurzen Augenblick lang, ob ich vielleicht tatsächlich den Verstand verloren hatte.

War das gestern im Wasser doch nur meine Einbildung gewesen? Hatte ich eine Halluzination gehabt, ausgelöst durch meinen Todeskampf im eisigen Wasser? Nein!

Etwas in Mums Blick verriet mir, dass ich nicht verrückt geworden war, auch wenn sie versuchte, mir genau das klarzumachen. Aber ihre Körperhaltung, ihre Augen, die so düster waren, wie ich es noch nie gesehen hatte, ließen keinen anderen Gedanken zu, als dass alles, was mir gestern widerfahren war, sich genau so ereignet hatte und Mum bloß versuchte, es zu verdrängen.

Plötzlich wusste ich, was zu tun war. Ich wusste, dass ich sie nur auf diesem einen Weg zu einer Antwort zwingen konnte. Ich stand auf.

»Wohin gehst du, Jane?«, fragte sie und versuchte sich ihre Anspannung nicht anmerken zu lassen.

Ich hielt den Atem an und wandte mich ihr zu.

»Ich gehe zu meiner Mutter!«

Ich schluckte. Der Schmerz, den ich ihr nun zugefügt hatte, war die einzige Möglichkeit, sie zur Vernunft zu bringen, das wusste ich, denn ich kannte sie genau.

Ich ging zur Haustür und öffnete sie leicht.

»Jane!«, schrie Mum auf einmal. »Bitte, geh nicht fort!«

Sie kam auf mich zu.

»Ich will dich doch bloß schützen!«

»Wovor? Vor der Wahrheit? Oder willst du dich bloß selbst schützten?«, wollte ich wissen und sah sie zornig an.

Konnte sie wirklich so egoistisch und selbstsüchtig sein?

»Es ist anders, als du denkst. Du darfst nicht zu ihnen gehen. Jane, geh nicht!«, rief Mum.

Ich schloss die Tür. Ich war verwirrt.

»Erzählst du es mir?«

Mum setzte sich wieder an den Glastisch. Ich tat das Gleiche. Sie schien sich langsam wieder zu beruhigen, jetzt, wo sie mich davon abgehalten hatte, das Haus zu verlassen.

»Jane, es tut mir alles so leid. Ich werde versuchen, dir alles zu erklären, aber ich weiß selbst so wenig.«

Sie stockte und sah mich an. Ich nickte.

»Damals, als ich deinen Vater, ich meine Phil, kennenlernte, da war ich noch sehr jung. Wir hatten an der gleichen Universität studiert. Es war Liebe auf den ersten Blick. Wir zogen schon bald darauf zusammen. Und als wir mit dem Studium fertig waren, heirateten wir und wollten bald darauf auch Kinder. Wir versuchten es viele Male, aber ich war nicht in der Lage, schwanger zu werden.«

Mum sah mich an und senkte dann wieder ihren Blick.

»Ich nahm es als mein Schicksal hin, keine Kinder haben zu können und konzentrierte mich auf meine Karriere. So viel Freude mir meine Arbeit und die Forschung auch bereiteten, ich vergaß nie meinen Kinderwunsch. Phil war in dieser Hinsicht anders. Er mochte Kinder, aber er schien die aussichtslose Situation besser hinzunehmen als ich. Er hatte so viel mehr Kraft und schlug mir immer wieder vor, ein Kind zu adoptieren. Aber für mich war es viel schwieriger. Ich fühlte mich selbst dazu nicht mehr in der Lage, obwohl es doch mein größter Wunsch gewesen war, Mutter zu werden.«

Ich konnte Mums Schmerz, den sie damals verspürte, immer noch in ihren Augen erkennen. Es musste eine schreckliche Zeit für sie gewesen sein.

»Irgendwann nahm Phil einen neuen Job an. Er bereitete ihm deutlich mehr Freude und er hatte viel zu tun. Es machte mich glücklich, zu sehen, dass er nicht so sehr litt wie ich. Doch er verbrachte immer weniger Zeit zu Hause. Er war richtig besessen von seiner neuen Arbeit. Und einmal kam er von einem Tauchgang für mehrere Tage nicht wieder. Ich kam vor Sorge fast um und rechnete mit dem Schlimmsten, aber glücklicherweise kam er doch zurück. Und er hatte dich bei sich.«

Vor Anspannung konnte ich mich kaum auf meinem Stuhl halten.

»Erst sah ich dich überhaupt nicht, denn Phil hatte dir ein völlig durchnässtes Handtuch um den Kopf und den restlichen Körper gewickelt.«, fuhr Mum fort. »Er forderte mich auf, sofort Dr. Genolious anzurufen und ihn herzubitten. Dr. Genolious war sein neuer Arbeitgeber. Weil Phil sehr aufgebracht wirkte, rief ich ihn umgehend an und er sagte, er würde kommen. Phil war mit dir währenddessen ins Bad gegangen, hatte die Badewanne mit Salzwasser aufgefüllt und ließ dich vorsichtig hineingleiten. Erst da sah ich, dass er ein kleines Baby in seinen Händen hielt. Ich wollte ihn von dem, was er tat, abhalten, aber er sagte, dass du kein Menschenkind seist. Ich verstand nichts mehr und auch Dr. Genolious, der wenig später kam, traute seinen Augen nicht. Aber er war völlig begeistert, während ich hingegen weiterhin bloß versuchte zu verarbeiten, was ich sah.«
Mum schloss für einen Moment die Augen, als versuchte sie in ihrer Erinnerung noch einmal zu betrachten, was sie damals gesehen hatte.

»Dr. Genolious war ein vermögender Mann, der felsenfest davon überzeugt war, dass es Nixen, Sirenen und dergleichen Meereswesen geben musste. Er investierte sehr viel Geld in die Erforschung der Tiefsee und anderer weitestgehend unentdeckter, unbekannter Meeresgebiete. Phil hatte mir ein paar Mal von Dr. Genolious eigenartigen Interessen und seinen Forschungsschwerpunkten, wenn man diese denn so nennen kann, erzählt. Wir hatten ihn immer für verrückt gehalten und darüber gelacht. In all unserer Zeit als Meeresbiologen und während all unserer Tauchgänge waren uns nie Wesen, die man auch nur ansatzweise als Sirenen hätte identifizieren können, begegnet.«, fuhr sie fort. »Phil mochte seinen Job in Dr. Genolious' Institut wirklich sehr und kümmerte sich deshalb nicht weiter um dessen Eigenarten, solange er seiner eigenen Forschung nachgehen konnte. Doch als ich dann dieses eigenartige Wesen, nämlich dich, und Dr. Genolious beieinander sah, setzte sich das Puzzle in meinem Kopf zu einem Bild zusammen.«

Mum stoppte.

»Du wusstest, dass ich eine Sirene war.«, flüsterte ich.

»Ja, plötzlich verstand ich die ganze Hektik. Dr. Genolious fuhr mit dem Wagen fort, kam wieder und untersuchte dich ausgiebig. Er schien auf all das bestens vorbereitet zu sein, was mich verwunderte. Angeblich hatte er schon einmal Sirenen aus der Ferne beobachten können, die jedoch vor ihm geflüchtet seien. Aber Phil lieferte ihm nun einen richtigen Beweis für deren Existenz. Dr. Genolious verabreichte dir irgendwelche Mittel und redete auf Phil ein. Er faselte etwas von einer Sensation, dass er sein ganzes Leben lang darauf gewartet und hingearbeitet hätte und dass er sofort der Presse Bescheid geben müsse. Phil bat Dr. Genolious darum, damit noch etwas zu warten und zuerst ein Medikament zu entwickeln, dass es möglich machen würde, dich weiterhin an Land leben zu lassen. Im Gegenzug versprach er, ihm die Stelle deines Fundortes zu zeigen und alle neuen Informationen, die ihm die Sirenen gegeben hatten, auch ihm anzuvertrauen. Dr. Genolious stimmte zu und machte sich sofort auf den Weg in sein Labor. Es dauerte mehrere Monate, bis er ein Mittel entwickelt hatte, das dich zu dem macht, was du heute bist. In der Zeit, in der du noch nicht atmen konntest und noch immer deine Fischflosse hattest, lebtest du in einem übergroßen Aquarium und ob du es glaubst oder nicht: Wir haben dich zeitweise mit Fischfutter gefüttert.«

Mum stoppte erneut und musste lächeln, als sie vom Fischfutter sprach. Mir war nicht danach zu Mute. Es war einfach etwas zu viel für mich. Ich hatte so viele Dinge erfahren, dass mein Kopf allmählich zu schmerzen begann.

»Was war das für ein Medikament?«, wollte ich wissen.

»Du nimmst es heute immer noch.«, antwortete Mum.

Ich öffnete meinen Mund, konnte aber nichts sagen.

»Du kannst es dir vermutlich schon denken und du hast recht, es sind die Tabletten, die du gegen die Bauchschmerzen nimmst. Was du aber nicht weißt, genau dieses Mittel löst sie auch aus. Das war zwar nicht vorgesehen, aber schon bald haben wir genau das als Ausrede dafür genutzt, dass du überhaupt Tabletten zu dir nehmen musst. Wer würde nicht irgendwann stutzig werden, wenn er Tabletten ohne Grund nehmen müsste? Außerdem würden die Schmerzen die Wahrscheinlichkeit reduzieren, dass du sie vergisst.«

Mum sah mich lange an.

»Ich bin nicht stolz darauf, was Phil, Dr. Genolious und ich getan haben.«, sagte sie dann und ihre Augen wurden feucht.

Es schien ihr wehzutun, dass sie mir solchen Schmerz zufügte. Ich hätte wütend sein müssen, aber alles, woran ich denken konnte, war, dass mein ganzes Leben eine einzige Verschwörung zu sein schien.

»Aber, aber...die ganzen Arztbesuche...«, stammelte ich.

»Es waren keine... Keine richtigen. Du wurdest stets von Forschern und Mitarbeitern von Dr. Genolious' Institut behandelt.«, antwortete Mum und mir wurde schwindelig. »Phil schlug vor, dich als unser Kind anzunehmen. Ich konnte dem nicht widerstehen und entwickelte Muttergefühle für dich. Gleichzeitig konnte ich es immer weniger ertragen zu sehen, dass du so starke Schmerzen durchstehen musstest. Wir wussten nicht, ob wir dich überhaupt je in ein Krankenhaus bringen könnten, denn wir befürchteten, dass man dort feststellen würde, dass du nicht menschlich bist. Als wir Dr. Genolious dazu befragen wollten, was wir tun sollten, erfuhren wir, dass er sich vermutlich das Leben genommen hatte, weil die Entdeckung, auf die er sein ganzes Leben lang gewartet hatte, ihn verrückt werden ließ. Er war im Meer tot aufgefunden worden. Somit gelang nie an die Öffentlichkeit, dass es Sirenen wirklich gibt. Ich bin so froh darüber. Phil und ich hätten sowieso alles dafür getan, um es zu verhindern. Es schützt die Sirenen und uns Menschen auch. Vermutlich sogar vor uns selbst. Dr. Genolious hatte die Rezeptur für dein Medikament zwar seinen Mitarbeitern weitergegeben, aber sie konnten es nicht so verändern, dass es weniger schmerzhaft für dich würde. Doch für uns wurde es unerträglich, wie sehr du unter den Schmerzen leiden musstest. Die Mitarbeiter von Dr. Genolious versicherten uns, dass das Mittel niemals in deinem Blut oder auf irgendeine andere Art festgestellt werden könnte und weil sie das Meer so sehr liebten wie Phil und ich es taten, versprachen sie auch, niemals ein Wort über die Existenz von Sirenen zu verlieren. Ich glaube, man hätte ihnen ohnehin nicht geglaubt. Sie kannten weder deinen Fundort, noch konnte man dir länger ansehen, dass du Sirene warst. Niemand Aussenstehendes wäre jemals auf den Gedanken gekommen, du seist kein Mensch. Phil und ich entschieden, unseren Wohnort zu verlassen und nach Glasgow zu gehen, in eine große Stadt, in der uns niemand kannte. Wir gaben dich als ein Findelkind aus und wenig später war es uns gestattet, dich zu adoptieren. Wegen deiner Schmerzen besuchten uns immer wieder die Mitarbeiter von Genolious' Institut, aber sie konnten dir nicht helfen und wenn sie es versuchten, trat keine Besserung ein. Sie rieten uns zu Schmerzmitteln, aber auch die waren nicht von Nutzen. Vielleicht war es egoistisch, aber wir waren dennoch einfach glücklich, dass du weiterhin als Mensch bei uns bleiben konntest. Phil und ich hatten in den ersten Wochen und Monaten ununterbrochen Angst um dich. Ich fühle es heute noch so wie damals. Wir konnten uns kaum jemandem anvertrauen. Nicht einmal unserer Familie. Ich glaube, es dauerte Jahre bis ich keine Albträume mehr hatte, in denen du dich plötzlich wieder in deine ursprüngliche Form zurückverwandelst oder schlimmer, verstirbst, wie ein Fisch außerhalb des Wassers. Wir hatten einfach ganz viel Glück.«

»*Glück*?«, wiederholte ich ungläubig.

»Entschuldige.«, entgegnete sie. »Das ist wohl das falsche Wort, aber für uns fühlte es sich tatsächlich so an. Es ist kein Tag vergangen, an dem ich mich nicht schuldig gefühlt habe, für das, was Phil und ich getan haben.«

Ich sah aus dem Fenster, mein Blick starr in die Ferne gerichtet. Mein Kopf fühlte sich unendlich schwer an und ich konnte kaum noch einen klaren Gedanken fassen. Es waren zu viele Informationen auf einmal, obwohl ich sie doch alle hören wollte. Jetzt aber wollte ich einfach Ruhe haben. Nichts mehr hören. Stille.

Alles, was Mum erzählt hatte, klang so unrealistisch und verwirrend. Wie eine total verrückte Geschichte. Aber es war *meine* Geschichte. Und das veränderte unglaublich viel. Ich wünschte mir, einfach aus diesem Albtraum erwachen zu können, aber ich wusste, dass es nicht möglich war. Natürlich war da eine gewisse Erleichterung, endlich mehr zu wissen, aber ich verspürte auch Angst. Angst zu erfahren, vollkommen anders zu sein.

Wie ich so darüber nachdachte, wurde mir bewusst, dass ich irgendwie schon immer das Gefühl gehabt hatte, anders als die anderen zu sein, aber nicht auf diese Art und Weise.

Ich stand auf und wartete gar nicht erst ab, bis Mum wieder neu ansetzen konnte. Fürs Erste war es genug. Ich wollte heute nichts mehr hören. Ich zog mir schnell eine Jacke an und lief in den Flur.

»Jane!«, rief Mum. Angst klang in ihrer Stimme mit. »Wo gehst du hin?«

Ich wusste es selbst nicht. Bloß weg. Einfach fort. Aber wohin sollte ich denn gehen? Ich kannte hier so gut wie niemanden. Plötzlich musste ich an Rob denken, den ich, genau wie seine Familie, noch von meiner Unversehrtheit überzeugen musste. Er hatte wirklich sehr besorgt geklungen. Ich würde ihn einfach spontan besuchen. Das war zumindest besser, als zu Hause zu sein. Wo auch immer das jetzt war.

Peinlichkeiten

»In Zukunft sollten wir so etwas nicht mehr unternehmen!«

»Du hast recht, Tiffany!«, meinte Rose und schenkte mir Tee ein.

Rob schien sehr glücklich zu sein, mich völlig unversehrt zu sehen. Er hatte mich sofort hereingebeten und dann seine Familie zusammengerufen. Tiffany hatte sich neben mich gesetzt. Sie war so anders als ich. Sie hatte ihre engelsgleichen, blonden Locken in einem Zopf zusammengebunden und trug einen edlen Rock und dazu eine Bluse mit Spitze. Ich hatte mich eher bequem gekleidet. Ich trug meine Haare offen und hatte eine Jeans und einen Pullover an. Nichts Besonderes. Es ärgerte mich irgendwie, dass ich mir nichts Feineres angezogen hatte, wo ich doch schließlich wusste, dass ich die Caristons besuchen würde. Und ich wollte nicht, dass sie mich für total verrückt hielten wegen meines seltsamen Verschwindens gestern, das mit einer Rettungsaktion geendet war. Ich wollte nicht noch eigenartiger erscheinen.

»Es war nicht so schlimm, wie es vielleicht den Anschein hatte!«, meinte ich, um vor allem Rob von seinen unnötigen Schuldgefühlen zu befreien.

Er war immer noch der Ansicht, er sei Schuld an meinem Sturz ins Wasser gewesen, weil er mich nicht festgehalten hatte. Wie absurd. Ich alleine hatte Schuld. Ich hätte nicht auf die Reling klettern müssen. Ich hätte ahnen können, dass es bei mir nicht gut ausgeht. Ich konnte recht toll-patschig sein.

»Na ja, zumindest war es gefährlich. Wie konnte Rob nur auf die dumme Idee kommen, dir vorzuschlagen, dich auf die Reling zu setzen?«, fragte mich Harold und sah seinen Sohn wütend an.

Das passte aber irgendwie gar nicht zu ihm. Er hatte ein viel zu freundliches Gesicht. Zunächst hatte er so kühl und vornehm auf mich gewirkt, wie Rose und Tiffany es ebenfalls zu sein schienen, aber mittlerweile glaubte ich zu spüren, dass er anders war als sie. Vielleicht hatte er ein paar von Roses *Eigenarten* übernommen. Selbst wenn sie mir gestern zu Nahe getreten war und das nur ein Versehen gewesen war, war sie mir trotzdem unsympathisch. Ich wurde nicht warm mit ihr und fühlte mich unwohl in ihrer Nähe. Vielleicht lag es an diesem eigenartigen Funkeln in ihren Augen.

»Es war nicht Robs Schuld. Ich versichere es.«, sagte ich so überzeugend wie ich nur konnte.

Rob sah zu mir und schenkte mir dann ein Lächeln.

»Mum, dürfen wir Jane das Haus zeigen?«, fragte Tiffany und sah ihre Mutter bittend an.

Ich war gespannt darauf, mehr zu sehen. Zwar fiel das Haus zwischen den anderen Häusern nicht wirklich auf, aber sobald ich es betreten hatte, war ich mächtig beeindruckt gewesen und stellte fast, dass die eher unscheinbare Fassade wohl nur Tarnung war.

»Sicher.«, antwortete Rose und sah mich nett an.

Ich blickte zu Rob, der mit den Schultern zuckte, dann aber freundlich nickte. Er erhob sich und ich folgte seiner

Schwester und ihm.

»Was möchtest du zuerst sehen?«, fragte er mich.

Ich wusste nicht was ich antworten sollte.

»Vielleicht dein Zimmer?«.

Er nickte und schritt voran. Wir gingen eine große Treppe hinauf. An der Wand, links von der Treppe, hingen viele interessante Bilder. Ich kannte mich nicht wirklich mit Kunst aus, aber ich war mir sicher, dass ich diese Bilder noch nie gesehen hatte. Trotzdem übten sie augenblicklich eine Faszination auf mich aus.

»Von welchem Künstler sind denn diese Bilder?«, fragte ich schließlich und hoffte mich mit meiner Frage nicht zu blamieren.

Rob und Tiffany begannen zu lachen. Ich kam mir sofort ziemlich dumm vor. War der Maler oder die Malerin so berühmt, dass ich ihn oder sie hätte kennen müssen? Hatte ich im Kunstunterricht nicht aufgepasst?

»Die Bilder sind von unserem Dad.«, meinte Tiffany und lachte darauf wieder los.

»Ich finde die Gemälde wunderschön.«, meinte ich kleinlaut.

Es waren wirklich beeindruckende Bilder. Ölgemälde, die in mir die unterschiedlichsten Gefühle auslösten. Sie waren alle ganz verschieden und doch harmonierten sie perfekt miteinander. Manche von ihnen waren ganz realistisch gestaltet, andere schienen bloß Gefühle auszudrücken. Trotzdem passten alle Bilder perfekt zueinander, als würden sie auf irgendeine Weise zusammenhängen.

Wir waren oben angekommen, als Rob mich in einen kleinen Raum führte. Der Raum wirkte zunächst sehr hell und kahl auf mich. Ich sah mich um. Alle Möbel waren aus hellem, edlem Holz. Es gab keinerlei Unordentlichkeit. Es war ein großartiger Ort zum Nachdenken und zur Ruhe kommen. Das gefiel mir. Ich trat ein und fühlte plötzlich, dass es falsch war, dass ich den Raum als kahl empfunden hatte. Er war eher *frei*. Es war Raum für so viele Dinge.

»Gefällt er dir? Mum hat das Zimmer angestrichen und eingerichtet.«, fragte Rob, vielleicht ein wenig nervös, während er an der Tür lehnte.

»Ja.«, entgegnete ich.

Und es stimmte. Ich war verblüfft, wie dieser Raum auf mich wirkte. Ich hatte schon viel davon gehört, wie man durch bestimmte Farben und Möbel ein ganz besonderes Flair schaffen konnte. So intensiv hatte ich das aber noch nie wahrgenommen.

»Mum kennt sich mit so etwas aus. Sie ist Innenarchitektin. Also habe ich es ihr überlassen, mir mein Zimmer einzurichten. Ich finde, es ist ihr gelungen.«, erklärte Rob und ich konnte ihm nur Recht geben.

Ich folgte ihm und seiner Schwester in die vielen weiteren Räume des Hauses und alle waren auf ihre Art und Weise in der Lage, meine Gefühle zu beeinflussen, je nachdem, wie das Licht einfiel oder die Räume eingerichtet waren. Anders könnte ich es nicht beschreiben. Die Zimmer waren alle ziemlich unterschiedlich. Jedes Zimmer, das ich betrat, hatte einen völlig anderen Anstrich und eine völlig andere Ausstattung. Und dabei schien jeder Raum genau auf die Personen, die darin einen Großteil ihrer Zeit verbrachten, abgestimmt.

Tiffanys Zimmer war in Rosatönen gestrichen. Ihr Bettgestell war beige und die Farbe des Bezugs hatte auf eine seltsame Art und Weise große Ähnlichkeit mit der Farbe ihrer Wangen.

Immer, wenn ich einen neuen Raum betrat, überkamen mich neue Eindrücke und Gefühle. Dann erreichten wir einen weiteren, hellen Raum. Ich sah mich um. Überall standen Pflanzen, kleine Bäume und Blumen in Vasen. An mehreren Plätzen befanden sich Werkbänke, Staffeleien und teilweise bemalte Leinwände. Überall lagen Pinsel und Farbtuben herum.

»Das ist Dads Arbeitszimmer.«, meinte Tiffany. »Er arbeitet viel. Er sagt, hier gingen ihm nie die Ideen aus.«
Ich konnte es nachvollziehen. Dieser Raum hatte eine sehr kreative Aura. Sie war noch stärker, als die in den anderen Zimmern.

»Ich glaube, ich habe heute zum ersten Mal ein Gemälde von ihm gesehen.«

»Es wundert mich nicht, dass du noch keins seiner Werke gesehen hast.«, entgegnete Rob. »Für ihn ist der Prozess des Malens das Größte, er verarbeite so seine Gedanken, sagt er immer.«
Ich konnte Harold verstehen. Er liebte das, was er tat und für ihn war es zweitrangig, wie erfolgreich er damit war.

»Das war das letzte Zimmer. Sollen wir dir sonst noch etwas zeigen?«, fragte Rob.
Ich wollte nicht unhöflich oder zu neugierig sein, also gab ich nicht zu, dass ich mich eigentlich noch nicht sattgesehen hatte. Rob deutete mein Schweigen als eine Antwort.

»Also, dann wäre hiermit die kleine Führung beendet. Nächstes Mal zeigst du uns dein Zuhause!«, sagte er und grinste dabei.
Unser Haus konnte in keinerlei Hinsicht mit diesem Haus mithalten.

»Ich glaube nicht, dass es da etwas Interessantes zu sehen gibt...«, wich ich aus und folgte Tiffany und Rob zurück in das große Wohnzimmer.

Die Caristons luden mich ein, noch bei ihnen zu Abend zu essen, aber ich wollte lieber nach Hause. Ob sich wohl einer von ihnen im Klaren darüber war, einer Sirene gegenüber zu stehen? Bei dem Gedanken überkam mich beinahe ein Lachen, das ich jedoch gut verstecken konnte. Niemand merkte etwas, zumindest sah es für mich so aus. Ich weiß auch nicht, was genau ich daran so lustig fand. Vielleicht hatte ich mittlerweile doch den Verstand verloren, schließlich war es überhaupt nicht lustig. Kein bisschen.

»Dann sehen wir uns morgen auf dem Schulweg?«, fragte Rob.

Ich nickte. Anschließend reichte ich Harold zum Abschied die Hand, ebenso seiner Frau. Tiffany umarmte mich, was ich nicht erwartet hatte. Sie schien immer so kontrolliert zurückhaltend. Ich hatte Gewissensbisse, dass ich sie scheinbar falsch eingeschätzt hatte und sie anfangs sogar für eingebildet gehalten hatte. Sie war eben bloß anders als ich, vielleicht ja auch einfach ein wenig schüchtern. Es war nicht nett und gerechtfertigt gewesen, so über sie zu urteilen. Deshalb lächelte ich ihr gleich noch einmal aufrichtig zu.

Mum war zu Hause, als ich die Tür aufschloss. Sie beobachtete mich, ich konnte ihre Blicke spüren. Sie sah mich eindringlich an, als wollte sie einen genauen Bericht von all dem, was ich seit unserer letzten Unterhaltung getan hatte. Ich ließ sie mich noch eine Weile anstarren. Sie kam auf mich zu, strich durch mein Haar und sah sich meine allgemeine Verfassung noch einmal an, bevor sie etwas sagte.

»Du warst nicht bei ihnen.«, es klang mehr wie eine Frage, als eine Aussage.

Etwas in ihren Augen verriet mir, dass sie damit gerechnet hatte, mich wie gestern völlig durchnässt zu sehen. Ich nickte bloß ruhig.

»Das ist gut.«, sagte sie.

Ich sah sie an. Mir gefiel ihr Ton dabei nicht. Sie wusste allzu gut, dass ich das Recht hatte, sie zu verlassen und nie wieder zu ihr zurückzukommen. Nach all dem, was vorgefallen war, hatte ich das Gefühl, dass es nur mir allein zustand, zu bestimmen, ob etwas gut für mich war oder nicht. Und im Moment war wirklich wenig gut. Ich sagte nichts und sah sie nur an. Sie sah irgendwie erleichtert aus, als sei nun das Thema vom Tisch. Vielleicht glaubte sie, ich hätte mich entschieden.

Dabei hatte ich noch nicht mal über eine Entscheidung nachgedacht. Es war mir aber klar, dass ich wieder ins Meer gehen würde. Es gab viele Gründe dafür, aber vor allem hatte ich es Linda versprochen. Meiner *Schwester*. Es hörte sich für mich immer noch seltsam an.

Es war bereits später Abend, weshalb ich ins Bett ging. Normalerweise hätte ich noch mit Mum zusammengesessen oder mich mit ihr unterhalten. Aber ich wollte sie nicht mehr in meiner Nähe wissen. Ich wollte nicht, dass sie mich ununterbrochen beobachtete oder eindringlich anstarrte. Ich flüchtete auf mein Zimmer. Vor Mums Worten und Blicken.

Oben angekommen schloss ich die Tür und warf mich auf mein Bett. Ich wollte nichts sehnlicher als schlafen zu können, aber es wollte mir nicht gelingen. Zu viele Dinge schwirrten in meinem Kopf herum.

Würde ich mich morgen überhaupt auf die Schule konzentrieren können? Vermutlich eher nicht. Zum Glück war ich noch ganz neu, sodass sicher jeder Verständnis hatte, wenn ich noch nicht so mitarbeiten würde, wie es für mich normalerweise der Fall war. Besonders schlecht war ich in der Schule nämlich nicht. Früher hatte ich einmal geglaubt, das hätte ich von meinen Eltern geerbt...

Und dann sah ich wieder Linda vor meinem inneren Auge. Meine Schwester. Ich musste augenblicklich, es ging nicht anders, auch an ihre Eltern denken. An *meine* Eltern. Es war ein unbeschreibliches Gefühl. Ich fragte mich, ohne es zu wollen, ob ich ihnen wohl ähnlich war. Linda war anders als ich. Sie war so wunderschön. Ich machte mir nicht viel aus Äußerlichkeiten, und anders als viele Teenager in meinem Alter, akzeptierte ich mich so wie ich war und fand mich auf meine Art schön. Aber Lindas äußere Schönheit war etwas anderes, nicht von dieser Welt.

Ich sah aus dem Fenster. Irgendwo in der Ferne hörte ich das Meer rauschen. Oder bildete ich mir das nur ein? Hatte das mit meiner Verwandlung zu tun? Aber eigentlich hatte ich mich ja zurückverwandelt. Und selbst das war mehr als merkwürdig. Ein Medikament konnte meine wahre Gestalt verbergen und dafür sorgen, dass ich mich den Lebensumständen anpasste? Da fiel mir wieder ein, was ich mal vor Jahren gelesen hatte, von Sirenen, die Flügel und Federn wie ein Vogel besaßen und denen, die eine Fischflosse hatten. Doch sie alle waren ein und dasselbe Wesen. Falls das stimmen sollte, dachte ich, wäre es nicht so abwegig, dass sich Sirenen ihren Lebensumständen anpassen. Vielleicht war es mir mit Hilfe des Medikaments gelungen, mich *dieser* Welt anzupassen.

***

»Wie war dein Wochenende?«, wollte Josie wissen, als ich mich am nächsten Morgen in Englisch neben sie setzte.

»Frag lieber nicht!«, sagte ich und bereute es sofort.

»Was ist passiert?«, fragte Josie und sah sehr besorgt aus. Sie war wirklich eine gute Seele.

»Hattest du mit jemandem Probleme?«

»Nein.«

»Was ist es dann?«

»Nichts. Es ist wirklich nicht so, wie du denkst. Ich hatte nur einen kleinen... sagen wir mal ... Unfall.«

»Einen Unfall?«

Josie sah mich völlig schockiert an. Ihre grünen Augen weiteten sich vor Schreck.

»Nein, es war nicht so schlimm!«, log ich.

Aber körperlich war mir ja auch nichts anzusehen.

»Was ist denn passiert? Warst du im Krankenhaus?«

Es gefiel mir gar nicht, dass Josie sich so viele Gedanken um mich machte. Nicht, dass ich es belästigend fand. Das war es nicht. Es war unglaublich nett von ihr. Ich wollte nur nicht, dass sie sich um mich sorgte. Ich konnte ihr ja nicht die Wahrheit sagen und ich wollte nicht, dass sie überlegte, wie sie mir helfen sollte, obwohl sie mir nicht helfen konnte. Und wenn ich ihr sagen würde, dass ich am Samstag von einer Yacht ins Meer gestürzt war, die Polizei gerufen wurde und mich nicht fand, weil ich angeblich von einem anderen Boot aufgespürt worden war, wusste ich, dass sie sich noch mehr Sorgen machen würde. Ich könnte es nicht ertragen, ihr Angst zu machen, obwohl sie sich gar keine Gedanken machen brauchte, schließlich war ich gesund.

Ich bemerkte Josies angespannten Blick. Sie würde nicht nachgeben, also versuchte ich das, was geschehen war so unaufgeregt wie möglich auszudrücken.

»Ich bin ins Wasser gestürzt und man musste mich retten. Das ist alles. Ich bin unversehrt. Es war nur... wie soll ich es sagen... ein großer Aufwand für nichts. Ich war nicht verletzt. Mir war nichts zugestoßen, deswegen ist es mir etwas peinlich.«

Beim letzten Wort war meine Stimme nur noch ein Flüstern. Josie sah mich irritiert und sprachlos an. Oh nein. Was hatte ich jetzt angerichtet? Wieso hatte ich ihr nicht erzählt, mein Wochenende wäre außergewöhnlich oder phantastisch gewesen? Aber nein, ich hatte sie dazu gebracht, sich Sorgen zu machen.

»Es ist dir *peinlich*?«, fragte Josie und sah mich an, als sei ich total verrückt.

Zum Glück unterbrach Mrs Miller unsere kleine Unterhaltung und Josie musste wohl oder übel bis zum Mittagessen warten, um mich um eine Antwort zu bitten. Sie fragte aber nicht danach. Sie aß in Ruhe alles, was sie sich auf ihr Tablett gestellt hatte und sah mich nur noch ein paar Mal fragend an. Ich hoffte wirklich, dass sie mich jetzt nicht bis in alle Ewigkeit als geisteskrank eingestuft hatte, aber so ganz sicher konnte ich mir da nicht sein. Warum war mir nur keine bessere Ausrede eingefallen? Sie würde sich schon wieder beruhigen, hoffte ich und lächelte sie an.

Auf dem Nachhauseweg traf ich, wie ausgemacht, Rob. Er grinste und kam auf mich zu.

»Hi!«, sagte ich.

Er erwiderte meine Begrüßung.

»Was hast du heute noch vor?«, fragte er.

Mir fiel nichts Besonderes ein. Aber ich hatte daran gedacht, Linda und ihre Familie zu besuchen. Es wurde Zeit. Wenn ich es nicht bald tun würde, könnte es sein, dass ich feststellen würde, dass ich alles nur geträumt hatte und nichts davon real war. Ich war mir gar nicht sicher, ob mich das freuen oder traurig machen würde.

Leider wusste ich überhaupt nicht, wie ich zu Linda gelangen sollte. Würde ich einfach ins kalte Meer springen und darauf warten, dass sie mich abholt? Und wäre es nicht sehr wahrscheinlich, dass mich jemand beobachten würde?

Ich verscheuchte die negativen Gedanken aus meinem Kopf und konzentrierte mich auf das Gespräch mit Rob.

»Ich weiß noch nicht.«, sagte ich nicht sehr überzeugend.

»Ich gehe mit einer Gruppe von Freunden später ins Schwimmbad, falls du Lust hast, kannst du gerne mitkommen.«

Ich sah Rob für einen Moment entgeistert an.

»Ist alles in Ordnung? Hab ich etwas Falsches gesagt?«, wollte er besorgt wissen.

Natürlich hatte er nichts Falsches gesagt, aber weil ich nicht direkt antwortete, schlug er sich mit der Hand an die Stirn und sah mich ganz verlegen an.

»Tut mir echt leid, wie kam ich nur auf diese dumme Idee? Ich hätte daran denken müssen, dass du nach dem Vorfall neulich keine Lust hast, baden zu gehen. Entschuldige bitte, Jane.«

Ich sah ihn an und nickte. Ich hätte alles richtig stellen können, aber ich tat es nicht. Ich war einfach nicht in der Lage, jetzt ins Schwimmbad zu gehen. Was, wenn irgendetwas Merkwürdiges passieren würde? Ich rechnete zwar nicht wirklich damit, da ich ja auch ohne Probleme duschen konnte, aber irgendwie war ich nicht in der Lage zuzusagen. Vielleicht war es besser so, auch wenn ich es bedauerte. Ich hätte eine bessere Ausrede finden sollen, aber es ging alles viel zu schnell und ehe ich überhaupt nachdenken konnte, hatte er sich bereits unnötigerweise entschuldigt.

Rob verabschiedete sich, noch immer etwas beschämt, als er in seine Straße einbog. Ihm war es sichtlich unangenehm. Ich war als Kind oft Schwimmen gewesen und unter normalen Umständen wäre ich jederzeit mit ihm ins Schwimmbad gegangen. Aber mit normalen Umständen hatte das Ganze, was mir widerfahren war, nichts zu tun. Ich sah ihm noch einmal nach und ging dann nach Hause.

Zwei Teile

Ich versuchte den ganzen Tag über, nicht an Linda und meinen bevorstehenden Gang ins Meer zu denken. Mit jeder Menge Büchern und mit einem Anruf bei Emma schränkte ich meine Gedanken ein. Es wollte mir aber nicht richtig gelingen. Wie hätte es auch? Es war einfach unmöglich, nicht daran zu denken. Alles weckte meine Erinnerungen, die dringend aufgefrischt werden mussten. Sie waren nur noch schleierhaft wie ein Traum. Lindas Gesicht verschwamm zunehmend.

Ein Glas Wasser, das ich mir in der Küche einschenkte, erinnerte mich an Robs nett gemeinte Einladung, mit ihm und seinen Freunden schwimmen zu gehen, die dazu geführt hatte, dass er sich Vorwürfe machte, sodass ich das Wasser ausschüttete und mir Orangensaft ins Glas goss. Ich mied sogar das Badezimmer. Obwohl ich mir vorgenommen hatte, heute ins Meer zu gehen, hatte ich ein unangenehmes Gefühl bei der Sache. Es war so unwirklich.

Sollte ich Mum davon erzählen? Sie schien irgendwie zu glauben, dass ich mich entschieden hatte, das Meer erst einmal zu meiden. Dem war aber nicht so. Ich wollte Linda wiedersehen, hatte aber auf den richtigen Moment warten wollen.

Der Tag verging viel zu langsam, neigte sich irgendwann aber doch dem Ende zu und ich legte mich ins Bett. Schwere überkam mich und ich spürte, wie müde ich war.

73

Zwar war ich dankbar dafür, wusste aber auch, dass ich wieder einmal vom Meer träumen und morgen mit einem sehr schlechten Gewissen aufwachen würde. Ich schlief ein, aber wie erwartet, schlief ich unruhig und ich sah Sirenen, die umher schwammen und mich immer wieder ansahen, so, als wollten sie mir irgendetwas mitteilen. Es fiel mir unglaublich leicht zu schwimmen und ich schwamm auf sie zu. Ich konnte sie kaum verstehen. Ich hörte, wie sie miteinander sprachen, verstand aber nicht, was sie zueinander sagten. Ich schwamm immer näher auf sie zu, bis sich eine Stimme von den anderen abhob. Eine Stimme, die viel höher, stärker und klarer war. Ich hörte genau hin. Die Stimme wurde immer lauter und kräftiger. Ich strengte mich an, um genau zu versehen, was sie rief.

Plötzlich erkannte ich die Stimme wieder. Es war Lindas Stimme. Ich schwamm auf die Stimme zu und verstand auf einmal, was sie mir zurief.

Jane! Hab keine Angst. Komm zurück zu uns! Wir warten auf dich.

Ich konnte meinen Ohren nicht trauen. Ich schwamm noch näher an die Quelle der Stimme.

Jane. Komm zurück! Komm zu uns. Bitte, Jane! Du gehörst in unsere Welt.

Die Stimme dröhnte in meinen Ohren und ich wurde schweißgebadet wach. Hatte ich nur geträumt? Noch immer hörte ich die Stimme in mir. Ich sah mich in meinem Zimmer um. Es war erst halb elf in der Nacht, aber ich war hellwach. Ich stand langsam auf, nahm mir einen Pullover und einen Rock zum Anziehen und sah aus dem Fenster. Ich atmete tief ein. Es tat gut, aber Lindas eindringliche Rufe wollten aus meinem Kopf noch immer nicht verschwinden.

Ich versuchte mich allmählich zu beruhigen. Die innere Stimme befahl mir, mich auf den Weg zu machen und meine Familie im Meer zu besuchen. Ich wusste nicht wieso, aber ich ließ mich darauf ein. Ich packte eine kleine Tasche mit Wechselkleidung und schlich dann die Treppe hinunter an Mums Schlafzimmer vorbei. Ich hörte sie durch die offene Tür leise atmen. Ich schloss die Tür ganz vorsichtig und ging behutsam weiter. Unten angekommen, griff ich nach meinem Handy, das in meiner Jackentasche war. Ich suchte schnell nach einem Taxiunternehmen und wählte die erste Nummer, die ich finden konnte.

Wenige Minuten später saß ich in einem viel zu warmen Taxi und fuhr durch die Dunkelheit in Richtung Hafen. Ich wollte gar nicht wissen, was der Taxifahrer über mich dachte. Ein Mädchen, das in der Dunkelheit zum Hafen wollte. Das war schon eigenartig. Aber wahrscheinlich hatte er schon die merkwürdigsten Gäste kutschiert und scherte sich nicht um sie, solange die Bezahlung stimmte. Ich gab ihm sogar etwas mehr als nötig, als ich ausstieg.

Ich konnte das Meeresrauschen hören und zitterte ein wenig. Einen Moment lang wartete ich, nur um sicherzugehen, dass der Taxifahrer weggefahren war und lief dann hastig auf das Rauschen zu. Ich suchte mir einen Ort, an dem ich völlig ungestört war und versteckte die mitgebrachte Kleidung, die ich anziehen würde, nachdem ich im Wasser gewesen war.

Wieder versuchte ich mich selbst zu beruhigen, aber ich blieb sehr nervös. Ich fühlte mich auf einmal hilflos und geriet in Panik. Was, wenn das Alles doch nicht stimmte und es keine Sirenen gab? Ich wusste, dass das keine Rolle mehr spielte, denn ich hatte mich bereits entschieden. Ich eilte auf das Wasser zu und nahm all meinen Mut zusammen. Vielleicht war ich verrückt, aber ich musste es wagen.

Schritt für Schritt ging ich vorsichtig ins Wasser. Es war extrem kalt. Meine Füße waren schon nach wenigen Schritten taub. Ich zitterte am ganzen Körper, tauchte mein Haupt unter Wasser und wartete bloß auf den schrecklichen Schmerz in meinen Beinen und in meiner Brust.

Ich begann zu schwimmen. Wenige Augenblicke später spürte ich einen Ruck in meinen Beinen. Ein kurzes Ziehen folgte, aber kein so starker Schmerz wie erwartet. Ich sah an mir herunter, obwohl das fast unmöglich war in dieser Finsternis, konnte aber die Konturen einer Flosse erkennen. All das war mir sehr unheimlich und ich hatte plötzlich Angst, so alleine im Wasser.

Es kostete mich immer noch Überwindung, das eiskalte Wasser einzuatmen. Jeder normale Mensch würde behaupten, dass es lebensmüde sei, so etwas zu wagen. Ich verspürte einen leichten Schmerz in der Lunge und konnte wenige Sekunden später ohne Probleme den Sauerstoff aus dem Wasser aufnehmen. Dass die Schmerzen nur noch gering waren, stimmte mich hoffnungsvoll, dass es nicht jedes Mal so schlimm sein würde. Aber dass ich bereits beim zweiten Mal weniger Probleme haben würde, wäre mir nicht im Traum eingefallen. Möglicherweise hatte mein Körper beim ersten Mal weitaus mehr zu leisten. Zum allerersten Mal, nach langer Zeit, hatte er seine richtige Gestalt angenommen. Verständlich, dass das nicht ganz so leicht für ihn gewesen war.

Was war überhaupt meine *richtige* Gestalt? Ich fühlte mich irgendwie immer noch als Mensch. Für gewöhnlich sah ich ja auch so aus. Trotzdem musste ich akzeptieren, dass ich es nicht war.

Ich spürte ein Brennen in meinen Augen und konnte plötzlich alles ganz klar erkennen. Ich konnte meine leicht weiß-lila schimmernde Fischflosse sehen, die ich beim letzen Mal noch als grün wahrgenommen hatte. Aber vielleicht hatte ich mich auch nur getäuscht.

In der Ferne sah ich eine wunderschöne Sirene auf mich zukommen und wusste sofort, dass es Linda war.

»Da bist du ja! Oh, Jane, wie sehr ich mich freue!«, rief sie mir zu.

Ich war sehr nervös, aber sie lächelte mich an. Jetzt endlich war sie mir ganz nah. Sie umarmte mich lange und schien überglücklich. Sie nahm meine Hand und zog mich hinter sich her und war dabei unglaublich schnell. Ich ordnete meine Gedanken und versuchte mich zu konzentrieren. Würde ich jetzt meine Eltern kennenlernen? Ich war aufgeregt und hatte gleichzeitig noch so viele offene Fragen.

»Wo bringst du mich hin?«, fragte ich und war mir zunächst nicht sicher, ob Linda mich überhaupt gehört hatte.

Doch sie hatte mich genau verstanden und teilte mir freudig mit, dass sie mich nach Hause bringen würde. Ich würde also schon bald meinen leiblichen Eltern begegnen. Ich wusste nicht, was ich denken oder fühlen sollte. Ich war, wie so oft in den letzten Tagen, völlig überfordert.

Nach einer Weile wurde Linda endlich langsamer. Nachdem sie angehalten hatte, musterte sie mich eindringlich von Kopf bis Flosse.

»Du bist nervös!«, meinte sie.

»Sieht man es mir so sehr an?«, wollte ich wissen.

»Ja deine Flosse verrät dich, aber es ist doch völlig normal, aufgeregt zu sein. Mach dir keine Sorgen!«

Meine Flosse? Ich verstand nichts mehr und folgte ihr blind, als Linda wieder losschwamm. Ich sah mich um und erkannte jede Menge Pflanzen und Meerestiere, die mir völlig fremd waren. Teils wunderschön und teils beängstigend, hell leuchtend und mit riesigen, scharfen Zähnen, sodass ich Lindas Hand noch fester umklammerte, während sie völlig unbekümmert und unbeirrt weiterschwamm. Wir mussten bereits ganz tief unten im Meer sein.

»Es ist nicht mehr weit.«, versprach Linda.

Sie schwamm nun ganz langsam. Ich konnte mir keineswegs vorstellen, dass an diesem Fleck Leben existieren sollte. Vielleicht war das der Grund dafür, warum Sirenen so lange unentdeckt leben konnten. Plötzlich stoppte Linda erneut. Aber dieses Mal schienen wir angekommen zu sein.

»Sind wir da?«

»Ja.«

Linda bewegte sich nicht weiter.

»Worauf warten wir denn noch?«, fragte ich drängend.

Ich war so nervös. Ich würde meine leiblichen Eltern kennenlernen und vielleicht würden sich endlich ein paar Fragen beantworten lassen.

»Ich habe sie gerufen.«, sagte Linda.

»Wirklich? Ich habe nichts gehört.«, gab ich verwundert zu.

»Es scheint so, als seist du abgestumpft. Mach dir keine Sorgen, das kriegen wir schon wieder hin.«

Jetzt sah ich, wie zwei Gestalten auf uns zukamen. Mein Herz schlug ganz wild. Ich war so aufgeregt. Ich starrte in die nahenden Gesichter und erkannte langsam Formen und Gesichtszüge. Dann waren sie ganz nah. Ich blickte in die Gesichter von zwei sehr jungen Sirenen. Das konnten unmöglich meine Eltern sein. Linda lächelte und winkte ihnen zu.

»Hallo Jane! Ich bin Sajara.«, sprach die junge weibliche Sirene.

»Ich bin Casymir, aber nenn' mich Casy.«, stellte sich dann der junge Meermann vor. »Wir sind deine Eltern.« Ich musterte die beiden, konnte aber nicht verstehen, was sie sagten. Es war einfach zu viel für mich. Ich sah, wie sich meine Fischflosse in den unterschiedlichsten Farben nacheinander verfärbte. Es zeigte deutlich, wie aufgewühlt ich war. Die beiden Sirenen sahen Linda kurz an und nahmen dann meine Hände.

»Tut uns leid. Für heute sollst du nichts mehr Neues erfahren. Wir haben sicher keine Ahnung davon, wie schlimm und überwältigend das alles für dich ist.«, meinte Sajara.
Ihr wunderschönes Gesicht sah sehr traurig aus, wodurch ich noch berührter wurde. Wie ich sie so betrachtete, bemerkte ich, wie ähnlich wir uns sahen. Die Form ihres Gesichts, ihre Hände... Ihre wunderschönen langen Haare hatten die gleiche Farbe wie die meinen. Ich kannte sonst niemanden, der die gleiche Haarfarbe hatte wie ich. Sie musste meine Mutter sein. Ich hatte auch plötzlich keinen Zweifel mehr daran, dass Casy mein Vater war, denn er hatte genau die gleichen Augen und Lippen wie ich. Langsam versuchte ich mich zu beruhigen. Ich wollte keinen schlechten ersten Eindruck hinterlassen oder ihnen Sorgen bereiten. Ich sah sie an und versuchte zu lächeln.

»Jane, hast du Lust dir anzusehen, wie wir wohnen?«, wollte Casy wissen.

Ich nickte. Ich wollte nichts sehnlicher, als endlich ein paar Fragen zu klären, die ich seit dem Sturz ins Wasser mit mir herumschleppte. Meine Eltern nahmen mich an die Hand. Wir schwammen in eine unterirdische, dunkle Höhle. Die Wände waren über und über mit Pflanzen in den unterschiedlichsten Farben bewachsen, dazwischen immer wieder ein paar Muscheln und Perlen. Ich konnte mich gar nicht sattsehen. Die Höhle bestand aus mehreren Räumen. Einer davon schien als Wohnraum zu dienen. In den anderen Räumen gab es so etwas wie Hängematten, die an den Wänden angebracht waren. Ich vermutete, dass darin die Sirenen schliefen. Ich setzte mich auf eine Hängematte.

»Schlaft ihr immer in Hängematten?«, wollte ich wissen. Diese Frage war sicher nicht auf der Top 10 Liste der wichtigsten Fragen, aber sie platzte als erstes aus mir heraus.

»Ja.«

»Ich habe noch so viele Fragen. Vielleicht nervt es euch, aber ich brauche Antworten darauf.«, meinte ich zu Sajara.

»Das verstehen wir. Stell uns ruhig all deine Fragen.«
Ich überlegte kurz und begann.

»Habe ich noch weitere Verwandte, die ich bisher nicht kenne?«, fragte ich.
Meine Eltern sahen sich an.

»Nein.«, sagte Casy. Er schloss für einen kurzen Moment seine Augen und öffnete sie dann wieder. »Sajara und ich, wir sind Waisen. Ich kann mich gar nicht mehr an meine Eltern erinnern. Sajara war auch noch sehr jung, als sie ihre Eltern verlor. Wir wissen nicht, wie unsere Eltern zu Tode gekommen sind, sie sind einfach irgendwann nicht mehr da gewesen. Geschwister haben wir beide auch nicht. Somit auch keine nächsten Verwandten.«

Ich sah Sajara und dann Casy an. Sajaras Lippen formten ein Lächeln.

»Das muss dich nicht traurig machen, Jane. Es ist schon lange her. Hast du weitere Fragen?«

Ich überlegte kurz. Ich war noch immer bewegt von der traurigen Geschichte meiner Eltern.

»Wie kann es sein, dass ich im Wasser und an Land überleben kann?«, wollte ich dann wissen.

Casy wechselte erneut einen Blick mit Linda. Linda sah mich an.

»Ich weiß nicht, wie ich es dir am besten erklären soll. Es gibt Sirenen, die verschiedene Gestaltsformen annehmen können. Alle Sirenen sind von Grunde aus Lebewesen des Wassers so wie Dad, Mum oder ich, es gibt aber einige wenige unter uns, die in der Lage sind, zu ihrer bereits vorhandenen Gestaltsform eine weitere zu übernehmen.«

Ich betrachtete die drei und hörte dann wieder Linda aufmerksam zu.

»Die Fähigkeit, die Gestalt zu wandeln, können fast nur junge Sirenen erlernen. Sirenen, die immer nur im Wasser leben, werden nie in der Lage sein, eine weitere Gestaltsform anzunehmen. Denn ihre Körper müssen lernen, mit den Bedingungen an Land oder in der Luft zurechtzukommen. Nur sehr wenige Sirenen erlangen diese Fähigkeit noch im fortgeschrittenen Alter. Es verlangt viel Disziplin.«

Ich sah sie an.

»Das bedeutet also, dass ich eine Gestaltenwandlerin bin?«, fragte ich sie zaghaft.

»Wie es scheint ja, allerdings bist du eine außergewöhnliche Gestaltenwandlerin.«

Ich war verwirrt und erinnerte mich an das Gespräch mit Mum.

»Meine Mum erklärte mir, dass die Tabletten, die ich regelmäßig einnehmen muss, dazu dienen, dass ich sowohl an Land als auch im Wasser leben kann.«

Meine Familie wechselte einen Blick.

»Diese Tabletten scheinen dich beinahe zu einem richtigen Menschen zu machen. Sirenen hingegen, die die Menschengestalt annehmen können, sind deshalb noch lange nicht *menschlich*. Wir Sirenen schlafen kaum und ernähren uns nur von Meerespflanzen. Ein Gestaltenwandler ist da nicht anders. Er wird als Mensch durchgehen, aber niemals einer sein. Er verwandelt seine Hülle, aber nicht sein Wesen. Gestaltenwandler sind für uns Sirenen sehr wichtig. Nur durch sie beherrschen wir eure Sprachen und nur dank ihnen wissen wir so viel über die Menschen. Viele von uns haben Menschennamen.«, erklärte Casy und sah mich an.

»Momentan bist du noch keine richtige Gestaltenwandlerin. Die Tabletten lassen dich menschlich aussehen. Aber du siehst, wir Sirenen haben doch ein anderes Erscheinungsbild.«, fuhr Sajara fort, womit sich für mich schon die nächste Frage aufdrängte.

»Wie kann es sein, dass ihr noch so jung seid? Ihr seht vielleicht ein paar Jahre älter aus als ich? Das kann doch unmöglich sein!«

Casy lachte.

»Unser Äußeres hört im Alter von achtzehn Jahren auf, sich zu verändern. Wir behalten unser Aussehen und unsere Jugend bis zum Tod. Wir altern zwar auch, bloß langsamer und vor allem anders als Menschen. Unser

Äußeres bleibt bis zum Ende, so wie es an unserem achtzehnten Geburtstag ist. Sonst würde uns wohl auch niemand ins Wasser folgen...«

Den letzten Satz verschluckte Casy regelrecht. Das schien einen Grund zu haben, denn Linda und Sajara sahen ihn böse an.

»Musste das jetzt sein?«, fragte Sajara wütend.

»Sie muss es so oder so irgendwann erfahren, Sajara. Je früher, desto besser. Ich werde es nicht zulassen, dass sie es selbst erfahren muss, wenn sie miterlebt, wie ein Mord begangen wird...«

Ich erschrak. Sajara zuckte zusammen. Ich sah alle drei der Reihe nach an.

»Was hat das zu bedeuten?«

Ich hörte, wie meine Stimme vor Anspannung ganz krächzend klang. Linda sah zu mir.

»Ich erkläre es dir, aber erschrick bitte nicht zu sehr, in Ordnung?«

Ich wusste nicht, ob ich so etwas versprechen konnte. Für gewöhnlich war ich sehr schreckhaft.

»In Ordnung.«, meinte ich zu Linda.

Ich musste unbedingt erfahren, was Casy damit gemeint hatte.

»Wir Sirenen sind Geschöpfe, die einer bösen Macht zu dienen scheinen. Wir morden. Es ist nicht so, dass wir das wollen, aber es passiert einfach.«

Ich schaute sie verständnislos an.

»Sicher kennst du alte Sagen über Sirenen, über ihr wunderschönes Aussehen und ihre fabelhafte Stimme. Erzählungen darüber, wie sie die Matrosen von all ihrem Tun ablenken, wodurch ihr Schiff kentert und alle elendig sterben. Es ist nicht ganz so. Oft sterben die Matrosen schon, bevor das Schiff kentert oder untergeht. Sie folgen uns ins Wasser. Aber nicht, weil wir sie bewusst singend verführen. In früheren Zeiten wussten wir nicht einmal, dass wir im Begriff waren zu morden. Wenn Sirenen morden, dann sind sie besessen. Und sie verführen dann die Menschen mit ihren Gesängen. Wir ahnten anfangs aber nicht, das wir in besessenem Zustand für Menschen auf dem Meer oder auch nur in der Nähe des Meeres den Tod bedeuteten. Diese Besessenheit, die Sirenen seit jeher nur während Neumond ergreift, gehörte für uns zum Leben dazu. Wir wussten ja lange Zeit gar nicht mal, dass Menschen überhaupt existieren. Die Menschen, die hellhörig waren und sich am Strand aufhielten, waren uns natürlich sofort verfallen. Wie hypnotisiert gingen sie ins Wasser, von uns ganz angetan, und ertranken. Zu Beginn konnten wir das nicht mit uns in Zusammenhang bringen. Wir hatten ja schon lange existiert, als es die Menschen noch nicht gab. Nie war uns irgendein Wesen ins Wasser gefolgt. Oftmals versuchten wir die Menschen sogar zu retten und brachten sie an Land. Doch sie taten es immer wieder, ohne dass wir es verhindern konnten. Es liegt nicht in unserer Natur, Menschen zu jagen. Und dennoch töten wir sie, mit unseren Körpern als Waffe. Und der Tod der Menschen ist dabei immer völlig sinnlos.«

Linda stockte einen Moment, bevor sie fortfuhr.

»Und um nun auf Casys Worte einzugehen: Unsere Schönheit, die wir bis ins hohe Alter behalten, ist Teil dieses Fluchs. Ohne sie würde vermutlich kein Mensch für uns in den Tod gehen. Die uns verfallenen und von unserem Gesang und unserem Anblick betörten Menschen folgen uns ins Wasser und sterben. Verstehst du, Jane? Wir sind die Bösen, ohne es sein zu wollen. Der Tod der Menschen ist völlig sinnlos. Und wenn es doch nur so wäre, dass wir daran in irgendeiner Weise Freude oder Befriedigung hätten... Nein, es quält uns, und die Menschen müssen sterben.«

Ich schüttelte ungläubig den Kopf.

»Glücklicherweise ist es nicht so, dass wir immer zum Morden verdammt sind. Es trifft uns nur an drei Tagen, an dem Tag vor Neumond, an Neumond und dem darauffolgenden Tag. Nur die Sirenen, die dann besessen sind, töten. Und die Sirenen, die nicht besessen sind, versuchen das Morden zu verhindern. Unsere dunkle *Gabe* ist unsere größte Qual.«

Ich war geschockt, aber konnte die Fassung wahren. Mein Kopf war voller Fragen. Ich versuchte irgendwie, das Gesagte zu verarbeiten, aber es gelang mir nicht richtig.

»Ist alles in Ordnung?«, fragte Sajara besorgt.

»Ich denke schon.«, antwortete ich. »Darf ich noch ein paar Fragen stellen?«, schob ich noch im selben Atemzug hinterher.

Casy, Linda und Sajara sahen mich nun noch besorgter an. Scheinbar hatten sie damit gerechnet, dass ich jetzt erst einmal genug erfahren hatte und ich vielleicht auch noch nicht in der Lage sei, was sie mir zu erklären versucht hatten, in irgendeiner Weise zu verstehen.

»Was möchtest du wissen?«, fragte Linda und sah mich auffordernd an.

»Ich würde gerne wissen, wie ihr euch verständigt und wie es sein kann, dass du meinen Namen wusstest. Du hast gesagt, dass ihr weit mehr Fähigkeiten habt, als ich sie mir vorstellen könnte. Und ich will wissen, was es mit der Fischflosse auf sich hat und...«

»Moment! Eins nach dem anderen. Wir kommunizieren in unserer eigenen Sprache. Wir sprechen aber auch viele eurer Sprachen, sodass wir uns mit Menschen verständi-

gen können. Wir haben uns angewöhnt, die Sprachen unserer *Opfer* zu lernen, um ihnen, wenn wir sie retten, gut zuzureden. Außerdem können wir uns untereinander in Gedanken verständigen, wenn wir das möchten. So können wir ganz gezielt entscheiden, was wir einander geheim mitteilen möchten und was nicht. Das ist immer dann möglich, wenn zwischen Sirenen eine familiäre oder enge freundschaftliche Beziehung besteht. Du kannst es noch nicht kontrollieren. Es war ein glücklicher Zufall, dass Linda Kontakt zu dir aufnehmen konnte. Denn das Kommunizieren mit ihr über die Gedanken gelingt dir noch nicht. Solange du diese Fähigkeit noch nicht wiedererlangt hast, werden wir so, wie du es gewohnt bist, ganz normal mit dir sprechen. Irgendwann wird es von ganz alleine zurückkommen und du wirst dich auch mit uns bewusst über Gedanken austauschen können. Und wir wissen, dass du unsere Sprache bereits beherrschst. Manchmal hast du nämlich in deinen Träumen Kontakt mit uns aufgenommen. Und daher kannten wir auch deinen Namen.«, sagte Linda.
Ich war verwundert.

»Wie kann es sein, dass ich diese Sprache sprechen kann? Ich habe sie doch nie gelernt! Und warum kann ich sie dann jetzt nicht sprechen, wo ich doch Sirene bin?«

»Ich habe dir ja davon berichtet, dass Sirenen, selbst wenn sie Gestaltenwandler sind, immer Sirenen bleiben. Und sie behalten ihre Grundgestalt, die einer typischen Sirene, so wie wir alle eine sind. So ist es auch bei dir. Die ganze Zeit über warst du kein Mensch, du warst immer Sirene. Daran konnten auch die Medikamente, die dir verabreicht wurden, nichts ändern.«, erklärte Casy.
Für einen Moment fragte ich mich, was wohl geschehen wäre, hätte ich die Tabletten eigenständig abgesetzt.

Hätte ich mich eher verwandelt? Wäre mir wohl eher bewusst geworden, dass etwas ganz gewaltig nicht mit mir stimmte? Doch so genau wie Mum darauf achtete, dass ich sie stets einnahm, hatte ich nie eine Chance gehabt, die Einnahme der Tabletten auch nur einmal zu vergessen.

»Sirenen, egal ob sie Gestaltenwandler sind oder nicht, wissen, dass sie Sirenen sind. Anders ist es bei dir. Du warst so davon überzeugt, Mensch zu sein, dass du es beinahe warst. Die Tabletten machten dich so menschlich, dass du es überhaupt nicht hättest merken können. Somit wusste einzig und allein dein Unterbewusstsein, welches Wesen du eigentlich bist. Die Sirene in dir wurde für lange Zeit unterdrückt und verdrängt.«, fuhr Casy weiter fort.

Mein Kopf fühlte sich plötzlich ganz leer an. Ich durchforstete meine Erinnerung nach irgendwelchen Momenten, in denen ich je daran gezweifelt hatte, nicht menschlich zu sein. Es gab keine.

»Werde ich eure Sprache wieder lernen?«

»Natürlich. Du bist auf dem besten Weg dorthin. Bald wirst du auch deine Flosse wieder richtig bewegen können. Es wird alles mit der Zeit zu dir zurückkommen.«, meinte Casy und lächelte.

»Und was ist mit der Fischflosse? Wieso ändert sie die Farbe?«, wollte ich wissen.

»Es ist ein einfaches Prinzip. Sie verändert die Farbe, je nach deinen Gefühlen. Wenn du Angst hast, ist sie anders gefärbt, als wenn du glücklich bist. Beispielsweise ist Grün die Ungewissheit, Weiß-lila die Nervosität, Rot die Angst und Gefahr, Weiß ist die Freude und Zufriedenheit und Gelb-gold ist neutral, also die Grundfarbe sozusagen.

Keine Angst. Du wirst schnell lernen, es zu kontrollieren. Dann sind deine Gefühle nicht mehr so offensichtlich. Sieh uns an.«, gab Linda zur Antwort und ich betrachtete ihre Schuppen, die wunderschön in gelb und gold strahlten.

Mit einem Mal war ich in Gedanken auf einem dieser Märkte, auf denen man alles Mögliche kaufen konnte. Ich war mit Mum auch einmal auf so einem Markt gewesen, vor langer Zeit. Soweit das Auge reichte, fand ich allen möglichen Krimskrams vor. Meine Mutter hatte sich immer für bestimmte Muscheln interessiert. Ich blieb immer an Schmuckgegenständen hängen. Das meiste war billiger Jahrmarktschmuck. Meine Mutter hatte mir einmal zwei Pfund gegeben. Es war nicht viel. Ich sollte mir davon ein Eis kaufen, aber ich nahm mir lieber einen Ring. Keinen besonderen Ring. Es war einer dieser Magic Rings, die die Farbe je nach Stimmung veränderten. Mum war damals sehr wütend geworden, als ich ihr meine Errungenschaft gezeigt hatte, und irgendwann fand ich ihn nicht mehr wieder. Jetzt verstand ich natürlich warum.

»Wieso konnten denn die Tabletten meine Verwandlung, wie sonst auch immer, dieses Mal nicht aufhalten? Wieso konnte ich mich auch heute wieder verwandeln?«
Casy und Sajara wechselten einen Blick, bevor Sajara zu erklären begann.
»Oh, die Tabletten haben schon ihr Bestes getan! Ein Gestaltenwandler, der weiß, dass er eine Sirene ist, braucht nur ins Wasser zu gehen und sobald seine Haut Wasser berührt, ist er wieder in seiner Grundgestalt. Anders ist es bei dir. Du hast gebadet, wie ein normaler

Mensch, du bist sicher auch schwimmen gegangen und hast dich nie verwandelt.«

Ich wusste nicht, was ich antworten sollte. Es stimmte alles, was Sajara sagte.

»Aber… Dieses eine Mal…«

»Ja, Jane, als du ins Wasser gefallen bist, ist etwas passiert. Du bist in das Meer deiner Heimat gefallen. Es hat eine solch gewaltige Kraft, die dich wieder nach all der Zeit in das verwandelte, was du eigentlich bist: eine Sirene! Die Tabletten haben alles Mögliche an dir verändert, um das Wasser sozusagen zu täuschen, aber sie haben keine Chance gegen das Meer, dem du entstammst. Abbie brauchte sich nie sonderlich fürchten. Wer macht schon Badeurlaub in Schottland? Wohl die wenigsten.«

Sajara musste beinahe lachen. Aber sie hatte Recht. Meine Mutter hatte sich in Sicherheit gewähnt. Ich wäre nie auf die Idee gekommen, bei diesen Temperaturen ins Meer schwimmen zu gehen. Erst als ich ihr von dem Bootsausflug erzählte, ergriff Mum die Angst. Plötzlich verstand ich, weshalb.

»Aber meine Verwandlung ging nicht so schnell vonstatten. Es dauerte ein paar Minuten. Hätte ich mich nicht bei der kleinsten Berührung mit dem Wasser verwandeln müssen?«, fragte ich.

»Na ja, ich gehe davon aus, dass es an den Tabletten lag. Sie haben zwar keine Chance gegen das Meer gehabt, aber ihre Wirkung war ja immer noch da. Sie haben die Verwandlung vielleicht ein bisschen verzögert. Am besten, du nimmst sie nicht weiter.«, meinte Casy.

Ich nahm seine Worte in mir auf und wurde plötzlich unglaublich wütend. Nicht auf Casy, es lag an seinen Worten. Diese Worte machten mir etwas klar. Die Menschen, die ich immer für meine Eltern gehalten hatte, schienen nicht im Ansatz zu wissen, was sie mir angetan hatten. Wenn ich die Tabletten absetzten sollte, dann würde das bedeuten, dass ich für immer hier bleiben müsste. Natürlich wusste ich, dass es für eine Sirene das einzig Richtige war, im Wasser zu sein. Aber das war es ja: Ich war nicht nur Sirene. Ich kam als Sirene zur Welt, aber das sagte nichts aus. Alles, was ich als Mensch erlebt hatte, machte mich auch zu einem Menschen.

Nicht nur das Äußere war entscheidend, sondern auch das Wesen. Mir war klar, dass, wenn ich jetzt die Tabletten absetzen würde, mein ganzes Leben, wie ich es kannte, zerstört würde. Es hatte sich in den letzten Tagen schon so viel verändert, aber es war noch lange kein Ende in Sicht. Menschen, die mir etwas bedeuteten, Orte, die ich liebte. All das würde ich aufgeben müssen. Sofern ich tatsächlich nicht bloß aufgrund der Tabletten meine Gestalt wandeln konnte, würde es mir vielleicht als Gestaltenwandlerin vergönnt sein, ab und zu in mein altes Leben zurückkehren. Aber das war ungewiss und es wäre auch etwas völlig anderes. Es wäre nicht im Ansatz das Leben, das ich liebte. Ich könnte nie wieder mein Lieblingsessen kosten. Ich würde es nicht vertragen. Ich könnte nie wieder ein angenehmes warmes Bad an einem äußerst kalten Wintertag nehmen. Ich dürfte in der Gesellschaft meiner Freunde nie in Berührung mit Wasser kommen.

Ich wusste, dass ich vermutlich nie als Gestaltenwandlerin in mein altes Leben zurückkehren würde. Dieses alte Leben wäre verloren, aber das der Anderen war noch so, wie es sein sollte. Ich würde ihre heile Welt mit jedem Atemzug in ihrer Nähe gefährden. Ich wäre nicht mehr ich, das wusste ich. Ich wollte sie nicht anlügen. Was würden sie denken, wenn ich mich immer wieder seltsam benehmen würde? Robs Familie würde mich für total verrückt halten. Ich hatte mich vor ihnen ja schon seltsam genug benommen.

Plötzlich schoss mir etwas durch den Kopf. Ich sah meine Familie an.

»Ich hatte doch sicher einen anderen Namen, als ich noch bei euch lebte, oder?«

Sajara lächelte.

»Ja, du hattest einen anderen Namen. Wir nannten dich Amarilla.«

Ich weiß nicht, was diese Information mit mir machte, aber sie gab mir auch Hoffnung. Vielleicht war doch nicht alles ausweglos. Ich hatte eine Chance, die so bis jetzt keiner Sirene vergönnt war. Vielleicht war es möglich, Jane und Amarilla zugleich zu sein, und wenn auch nur für eine kurze Zeit. Ja, vielleicht könnte ich doch beides haben. Mein Leben.

Warmer Regen

»Ich denke, ich kann das nicht tun.«

»Was ist denn los, Liebling?«, fragte Sajara.

»Die Tabletten. Ich kann sie nicht absetzen.«, sagte ich schluchzend. Meine Gefühle hatten mich völlig übermannt.

Ohne die Tabletten, so fürchtete ich, würde ich nicht weiter als Mensch leben können. Genau das war aber in diesem Moment für mich unvorstellbar. Mein ganzes Leben würde aus den Fugen geraten.

Auch wenn sich bereits so viel verändert hatte, hielt ich an meinem gewohnten Leben fest und wollte es schützen. Ich fürchtete mich vor dem, was vor mir lag und davor, vielleicht mein Leben als Mensch aufgeben zu müssen.

»Das musst du doch gar nicht, wenn du das nicht willst. Wir können uns sicher überhaupt nicht in deine Lage versetzen, Jane! Wie sollten wir von dir so etwas verlangen? Jane, sieh mich an!«

Ich sah zu Sajara und sie lächelte mich warmherzig und liebevoll an.

»Wir lassen dich nie wieder alleine! Hörst du? Wir werden dich bei all deinem Tun unterstützen. Wir werden immer deine Meinung akzeptieren, dir helfen und für dich da sein. Ich verspreche es!«

Meine Mutter nahm mich in den Arm und ich wusste, dass sie es war. Ich fühlte es einfach.

»Wir haben nie aufgehört dich zu lieben, du kannst immer auf uns zählen. Wir werden immer zu dir halten.«
Casy legte seinen Arm um meine Schulter und Linda legte ihre Hand auf meine. Es war schön. Plötzlich lösten sich alle Ängste und Sorgen in meinem Kopf auf. Ich war glücklich und ich wusste, dass alles gut werden würde. Ich wollte diesen wunderbaren Augenblick so lange wie möglich genießen.

»Wir lieben dich Amarilla, ich meine... Jane!«, sagte Sajara.

»Nein, es ist in Ordnung, dass ihr mich Amarilla nennt. Es ist schließlich mein richtiger Name.«
Amarilla, der Name gefiel mir auch irgendwie. Er passte zu mir.

»Ich denke, es wird Zeit für mich nach Hau...«
Nein, das hier war mein zu Hause, aber jetzt musste ich langsam wieder Jane werden. Ich würde morgen schließlich noch zur Schule gehen müssen.

»Wir verstehen schon, was du sagen möchtest!«, lachte Casy. »Wir bringen dich an den Hafen zurück.«

»Weißt du, wie du nach Hause kommst?«, fragte Linda.

»Ja, ich denke schon.«, antwortete ich.
Casy und Sajara nahmen meine Hände und ehe ich mich versah, waren wir schon am Hafen. Sie ließen mich zurück an Land. Ich konnte sie in diesem Moment nicht verstehen. Müssten sie nicht versuchen, mich von dieser anderen Welt ganz abzuschotten? So wie Mum und Phil es getan hatten? Sollten sie nicht einen riesigen Hass auf Mum haben, die Person, die mich so lange von ihnen fern gehalten hatte?

Ich bahnte mir einen Weg und irgendwie schaffte ich es, an Land zu kommen und mein Körper nahm wieder Menschengestalt an. Ich ging ein paar Schritte und nahm meine Wechselkleidung. Ich zog die nassen Kleider aus und fühlte, wie das Wasser an meinem Körper und meinen Haaren abperlte. Ich zog die trockenen Kleider an und war überhaupt nicht mehr nass. Als ich mich zum ersten Mal verwandelt hatte, war ich komplett durchnässt nach Hause gekommen. Es schien sich nach und nach alles zu verändern. Wie hatte Linda sich ausgedrückt? Ich sei abgestumpft? Das konnte durchaus sein. Auch Casy war ja davon überzeugt, dass alles zurückkommen würde, was mein Körper, was ich verlernt hatte. Ich hoffte es.

Ich nahm mein Handy und wollte mir wieder ein Taxi rufen. Ich brauchte Mum jetzt nicht zu wecken. Ich wählte die Nummer und bestellte mir ein Taxi. Meine einzige Sorge blieb, dass mich der gleiche Taxifahrer wieder abholen würde, der mich auch hergebracht hatte. Ich hatte mich gar nicht besonders lange im Meer aufgehalten. Es konnte also noch nicht ein Uhr sein. Das hatte ich im Gefühl. Ich wartete ein paar Minuten und sah dann das viel zu bunte Taxi anfahren. Es war in den grellsten Farben lackiert. Ich stieg ein und stellte fest, dass ich doch mehr Glück zu haben schien, als ich bisher angenommen hatte: Auf dem Fahrersitz saß eine Taxifahrerin, die sehr freundlich wirkte. Sie stellte das Radio lauter und kümmerte sich nicht weiter um mich. Dafür war ich dankbar. Nicht, dass ich sonderlich oft in meinem Leben Taxi gefahren wäre, aber ich hasste es, wenn Taxifahrer versuchten, einen in irgendein Gespräch zu verwickeln.

Ich sah ein paar Mal aus dem Fenster, aber es war zu dunkel draußen. Ich konnte nichts erkennen, weshalb ich mich entschied, stattdessen das Taxameter im Auge zu behalten. Nachdem ich die Fahrerin bezahlt hatte, stieg ich aus in die Kälte und ging die letzten Meter zu unserem Haus. Ich brauchte zum Glück nicht zu klingeln. Mum und ich hatten unter einem großen Stein im Garten den Haustürschlüssel versteckt. Ich griff nach ihm, lief zur Tür und öffnete sie so leise, wie es nur möglich war. Ich zog die Schuhe aus und eilte leise die Treppe hinauf. Mum schlief immer noch. Ich atmete tief durch und schlich in mein Zimmer. Plötzlich überkam mich eine große Müdigkeit. Ich zog noch meine Kleidung aus und legte mich dann in mein gemütliches Bett.

Der nächste Morgen war grau, wie so oft. Es war nicht dieses erdrückende Grau, wie an schwülen, gewittrigen Sommertagen, die ich von Ausflügen kannte. Es war das frische Grau, das ich so sehr mochte. Ich stieg aus dem Bett und ging ans Fenster. Ich öffnete es und ließ die herbe, kühle Luft herein. Wie sehr ich sie liebte. Jedes Mal erfrischte sie mich und gab mir das Gefühl von Glück. Immer wenn ich und Mum auf Reisen gewesen waren, dann spürte ich, dass die Luft überall ganz anders war. Anders schmeckte. Und dann war ich mir immer ganz sicher gewesen, dass ich nach Schottland gehörte, dass ich das windige, nasse und raue Wetter zum Leben brauchte. Aber ich wusste natürlich, dass nicht die Orte alleine binden, sondern viel mehr die Menschen. Wo würde ich sein wollen, wenn nicht bei geliebten Menschen, die mir so viel bedeuteten? Deshalb fiel mir die Entscheidung, ob ich die Tabletten, die scheinbar mein ganzes Leben bestimmten, absetzten sollte oder nicht, so schwer. Ich wollte nicht ohne meine Familie oder Freunde sein.

Langsam begann ich zu frieren und schloss das Fenster. Jetzt war mein Kopf wieder klar und ich würde, wie jede normale Schülerin, in die Schule gehen und mich konzentrieren können. Das hoffte ich zumindest und nahm es mir fest vor. Ich lief die Treppe hinunter und wollte noch schnell ein paar Cornflakes essen, als ich Mum bemerkte. Normalerweise war sie um diese Uhrzeit schon aus dem Haus.

»Was tust du hier, Mum?«, fragte ich überrascht.

Meine Stimme klang sorgenvoll. Ich wusste, dass etwas nicht stimmen konnte.

»Nichts, ich wollte nur mit dir frühstücken. Ich kann mir nicht vorstellen, das ich noch oft die Gelegenheit dazu habe.«

Mum lächelte krampfhaft. Sie sah wirklich nicht gut aus. So kannte ich sie gar nicht, aber an diesem Morgen sah sie kränklich und kraftlos aus. Ihre Augen waren verweint und ihre blonden Haare, die sie mit einer goldenen Spange zusammengesteckt hatte, wirkten strähnig. Wie sie so da stand, tat sie mir beinahe leid. Sie war diejenige, die mir meistens gesagt hatte, was ich tun oder lassen sollte. Aber von dieser Mum war in jenem Augenblick wenig übrig. Ich spürte, dass sie wusste, dass sie keine Macht mehr über mich hatte.

Ich ging auf sie zu. Ich würde nicht mit ihr frühstücken, aber sie könnte mir noch ein paar Fragen beantworten. Diese Situation fühlte sich so unwirklich an. Nie hätte ich gedacht, dass unser Zusammenleben mal so enden würde. Wir waren immer für den anderen da gewesen, was es für mich noch schwerer machte. Aber es ließ sich nicht ändern. Das wussten wir beide.

»Kann ich dir noch eine Frage stellen?«

»Jede beliebige, Jane.«

Ich wusste, dass sie ehrlich sein würde.

»Was ist mit dieser Tablette? Inwiefern beeinflusst sie mich?«

Mum sah aus dem Fenster und begann dann eine Antwort zu formen.

»Weißt du, das meiste Wissen über dich hatte Phil gesammelt. Er hatte von den Sirenen so viele Informationen erhalten, dass wir uns schnell ein Bild von dir machen konnten. Diese Tabletten sind ein wahres Wunder. Sie machen dich menschlich. Wir wollten von Anfang an, dass du ein normales Leben hast, soweit das möglich sein würde. Die Tabletten haben dir das weitestgehend ermöglicht, aber wie jedes Medikament, haben auch sie ihre Grenze.«

»Was meinst du damit? Werde ich nach meinem achtzehnten Geburtstag nicht mehr körperlich altern?«

»Du weißt davon?«

Meine Mutter sah mich erschrocken an.

»Hast du gedacht, ich würde selbst nicht darauf kommen? Ein Blick hat gereicht. Sie sehen so unglaublich jung und schön aus.«

»Ich weiß nicht, was passieren wird, Jane. Wir konnten, was dich und deine Entwicklung betraf, immer nur Vermutungen anstellen. Ich gehe aber davon aus, dass auch du nach deinem achtzehnten Geburtstag nicht mehr äußerlich altern wirst.«, antwortete Mum.

Plötzlich überkam mich ein Gefühl der Panik und ich hielt mich an der Tischkante fest.

»Die Frage ist bloß, welche Gestalt du dann annehmen und behalten wirst. So wie du jetzt aussiehst, das ist nicht dein wirkliches Äußeres. Ohne die Tabletten wärst du nicht so menschlich und würdest auch nicht so menschlich aussehen. Du würdest so aussehen wie die anderen Sirenen, übernatürlich und *unmenschlich* schön.«

»Ich sah so aus wie sie?«

»Du warst noch ein Baby und doch das wunderschönste, wundervollste Wesen, dem ich je begegnet war. Das war auch ein Grund dafür, dass ich nicht vernünftig war und nicht mehr klar denken konnte, als ich dich das erste Mal sah... Eigentlich wusste ich von der ersten Minute an, dass du nicht hierhin gehörst und dass wir dir etwas Schreckliches antaten, aber ich konnte nicht anders. Du warst so unglaublich schön. Natürlich bist du auch jetzt schön... wunderschön, Jane, aber eben *menschlich* schön.«, antwortete Mum und sah mir in die Augen. »Für uns stand von Anfang an die Frage im Raum, ob du nach deinem achtzehnten Geburtstag deine menschliche Schönheit bis zum Tod bewahren würdest oder aber deine blendende, unerträglich schöne Sirenengestalt.«

»Sirenengestalt? Du meinst mit Flosse?«

Mum zuckte mit den Schultern und nickte dann.

»Tief im Inneren wusste ich immer, dass der Tag kommen würde, an dem ich dir all das hätte erzählen müssen, aber ich habe dennoch gehofft, dass es sich irgendwie vermeiden ließe oder ich zumindest noch bis zu deinem achtzehnten Geburtstag Zeit haben würde.«

Ich musste schlucken. Vielleicht könnte ich nach meinem achtzehnten Geburtstag wirklich nie mehr als Mensch leben, unabhängig davon, ob ich mich in eine Sirene verwandeln würde oder nicht. Alle, die mich kannten, würden bemerken, dass ich im Gegensatz zu ihnen nicht alterte.

Ich sprang auf und verabschiedete mich hastig. Ich wollte nur noch in die Schule und alles andere vergessen.

Es war kaum auszuhalten. Der Klassenraum war voll stickiger Luft. Mir fiel es schwer, zu atmen. Josie machte es mir mal wieder erträglich. Ihre freundliche Art half mir durch den Tag. Ich hatte nie zuvor jemanden wie Josie kennengelernt. Ihre Art, sich vorsichtig anderen zu nähern, wirkte äußerst sympathisch. Dennoch schienen es die wenigsten zu bemerken oder wertzuschätzen, denn Josie hatte kaum Freunde. Es kam viel zu oft vor, dass man sich nicht die Mühe macht, etwas zu entdecken. Sich zu öffnen und sich auf Neues einzulassen. Weil ich schon so oft umgezogen war und mich dem Unbekannten immer und immer wieder hatte stellen müssen, versuchte ich, mich nicht vor anderen Menschen zu verschließen und ihnen unvoreingenommen zu begegnen.

»Geht es dir schon besser?«, wollte Josie wissen.
Im ersten Moment wusste ich gar nicht, was Josie meinte.
»Oh, ja!«
Ich lächelte sie an. Und diesmal war es nicht gelogen. Mein Treffen mit meiner leiblichen Familie war wunderschön gewesen. Vorher hatte mir meine plötzliche Verwandlung viele Sorgen bereitet. Natürlich war auch jetzt noch längst nicht alles geklärt, aber ich hatte meine richtigen Eltern kennengelernt. Schon bei dem Gedanken, dass ich sie heute wieder sehen würde, legte sich ein Lächeln auf meine Lippen. Nichts war mehr so wie es einmal war, mir gingen unzählige Fragen und Gedanken im Kopf umher und ich hatte weiterhin Angst vor dem, was diese gewaltige Veränderung in meinem Leben tatsächlich für mich bedeuten würde. Aber die Liebe meiner Familie im Meer, die ich vom ersten Augenblick an gespürt hatte, gab mir die Kraft zu hoffen, dass ich einen Weg finden würde, mit all dem umgehen zu können.
»Das sieht man. Du siehst gut aus!«, sagte Josie mit einem Lächeln.

»Du auch.«

Josie strich verlegen durch ihre Haare.

»Ach was!«, kicherte sie.

Mir tat es gut, ein wenig Ablenkung zu haben. Ich genoss selbst den anstrengenden Sportunterricht, obwohl ich das normalerweise eher selten tat. In die Schule zu gehen, dort Freunde zu finden und zu treffen, all das hatte ich für einen selbstverständlichen Teil meines Lebens gehalten. Es war das gewöhnliche Leben eines Teenagers. Aber ich begann diese Dinge mit anderen Augen zu sehen, denn ich wusste nicht, wie viel Zeit mir noch als Mensch bleiben würde.

Als wir nach unserem Schultag endlich nach Hause durften, sah ich auf meinem Heimweg Rob. Ich winkte ihm zu. Ich hatte unser letztes Gespräch noch immer nicht vergessen und hatte immer noch ein komisches Gefühl deswegen.

»Hallo Jane!«, rief er mir zu, als er auf mich zu kam. »Wie geht es dir?«

»Ganz gut. Ich glaube, ich bin jetzt auch wieder in der Lage, Wasser zu ertragen.«

Er lachte.

»Das ist gut. Es war vielleicht keine gute Idee, dich zum Schwimmen einzuladen, aber ich hatte angenommen, dass du dadurch ein paar Freunde von mir kennenlernen könntest und weil du ja noch nicht so viele Leute in Edinburgh kennst...«

»Rob, es ist völlig okay. Das ist unglaublich freundlich von dir, dass du mich eingeladen hast und mir deine Freunde vorstellen wolltest. Ich hab deswegen bereits ein schlechtes Gewissen. Du hast nichts Falsches gesagt. Das hätte ich dir viel eher sagen sollen.«, entgegnete ich.

Er sah mich an. »Okay.«

Seine Lippen formten ein Lächeln und ich fühlte mich gleich viel besser.

»Hast du Lust, mit mir später noch etwas zu unternehmen?«, wollte er wissen.

Ich würde erst heute Nacht ins Meer können, also stimmte ich zu.

»Keine Angst. Wir bleiben dem Wasser fern!« Er lächelte wieder. »Es sei denn, es regnet!«

***

Mum war nicht da, als ich nach Hause kam. Sie musste sicher länger arbeiten, wo sie sich doch den Morgen freigenommen hatte. Ich lief in mein Zimmer und zog meine Schuluniform aus. Was Rob wohl vorhatte? Er hatte nichts gesagt. Sollte ich ihn anrufen? Nein, er würde sich schon melden. Ich erledigte meine Hausaufgaben extra früh, um für die Verabredung mit Rob und meinen späteren Gang ins Meer genügend Zeit zu haben. Die Aufgaben, die uns erteilt worden waren, fand ich nicht sonderlich schwer. Nachdem ich sie erledigt hatte, klingelte es an der Haustür. Ich öffnete und sah Rob.

»Kommst du mit?«, wollte er wissen.

»Wohin denn?«, fragte ich mit einem Lächeln.

»Ich dachte, wir könnten ein wenig durch die Stadt gehen und ich zeige dir ein paar meiner liebsten Orte. Hast du Lust?«

Ich hatte Lust und folgte ihm. Während unseres gesamten Spaziergangs gingen uns zu meiner Verwunderung nie die Gesprächsthemen aus. Unsere Unterhaltung fühlte sich leicht an und überhaupt nicht erzwungen.

»Gefällt dir deine neue Schule?«, wollte Rob irgendwann wissen und ich war mir sicher, dass Rob mir diese Fragen nicht einfach so aus Höflichkeit stellte, es interessierte ihn wirklich.

»Ja, es ist alles in Ordnung. Ich mag meine neuen Mitschüler. Aber das war bisher eigentlich immer so. Wenn wir umgezogen sind, hatte ich nie große Schwierigkeiten, mich einzuleben.«

»Wo hat es dir am besten gefallen? Wo hast du am liebsten gewohnt?«

Mir fiel nicht direkt eine Antwort ein. Ich war schon ein paar Mal umgezogen. Jeder Umzug hatte seine schönen und weniger schönen Seiten gehabt.

»Ich habe neben einigen wenigen schlechten überall meist nur gute Erfahrungen gemacht. Und das Entscheidende dabei war für mich immer, wie ich mich mit den Personen aus meinem Umfeld verstanden habe. Ich habe viele Menschen kennengelernt. Und ich habe auch viele davon, egal an welchem Ort ich war, in mein Herz geschlossen.«, antwortete ich.

Rob hörte mir nachdenklich zu.

»Ich möchte dir gerne meinen ganz persönlichen Lieblingsort zeigen!«, meinte er dann.

Wir gingen einige Treppenstufen hinauf. Ich konnte mich nicht genau erinnern, ob ich schon einmal diesen Weg hinauf gegangen war. Ich hatte nur eine vage, verschwommene Erinnerung daran, mit Mum einmal hier gewesen zu sein. Wir kamen oben an und dann war ich mir sicher: Ich hatte das alles schon einmal gesehen. Das grüne Gras. Das National Monument. Ich wusste plötzlich, wo wir waren. Calton Hill.

Rob ging zügig auf die Säulen zu und ich musste mir Mühe geben, um mit ihm Schritt zu halten. Wir setzten uns auf das Fundament, auf dem die Säulen standen. Ich sah Rob an. Er strahlte und wirkte zufrieden und gelöst auf mich. Und dieser Anblick machte mich wiederum glücklich.

»Ich liebe diesen Ort! Er hat etwas ganz Besonderes.«
Ich wusste, was er meinte. Ich sah in die Ferne, wo man das Meer erkennen konnte. Ein leichter Nieselregen machte sich bemerkbar, aber keiner von uns beiden regte sich.

»Für mich war dieser Ort auf irgendeine Weise immer vollkommen.«, meinte er. »Aber ich habe mich geirrt.«

»Wieso?«

»Erst mit dir ist er vollkommen.«
Ganz vorsichtig berührten sich unsere Fingerspitzen und plötzlich spürte ich eine Schar von Schmetterlingen in meinem Bauch herumflattern, die sich in alle Richtungen ausbreiteten. Rob sah mich an und beugte sich dann sachte zu mir herüber und küsste mich. Der Regen wurde stärker und fiel in dicken Tropfen auf mein Gesicht. Ich hörte, wie die wenigen Menschen um uns herum wegliefen, um sich ins Trockene zu retten. Für mich war der Regen nicht unangenehm. Er war warm, er war perfekt.

Augenblicke

Mit weit geöffneten Augen lag ich in meinem Bett. Waren wir uns wirklich so nahe gekommen? Es war so überwältigend gewesen. Alles hatte gestimmt. Seit einer halben Ewigkeit lag ich so in meinem Bett. Grübelnd. Wie hatte ich es bloß vorher in Robs Nähe ausgehalten? Wie konnte es sein, dass ich erst jetzt wusste, dass ich verliebt in ihn war? Wir kannten uns doch noch gar nicht lange. Aber es hatte von Anfang an diese Vertrautheit zwischen uns gegeben und es war mir so vorgekommen, als würde ich ihn schon ewig kennen.

Dieser Kuss... Ich windete mich unter meiner Bettdecke. Er war großartig gewesen. Nicht ansatzweise so, wie ich es mir vorgestellt hatte. So berauschend, dass ich kaum mehr an das denken konnte, was mich belastete, die großen, irreversiblen Veränderungen in meinem Leben. In einer Beziehung waren Vertrauen und Ehrlichkeit mit das Wichtigste. Könnte ich ihm das entgegenbringen? Wäre ich in der Lage, ihm alles über mein neues, fremdes Leben zu erzählen? Dabei wusste ich selbst noch so wenig über mich, über Amarilla. Sie war mir noch immer so fremd.

War mein Leben nicht schon chaotisch genug? Musste ich mich ausgerechnet jetzt verlieben? Und obwohl es sich so unglaublich gut anfühlte, war meine Situation alles andere als einfach. Vielleicht wäre es gar nicht so eine schlechte Idee, ihm vorerst nichts zu erzählen. Augenblicklich breitete sich ein unangenehmes Gefühl in meiner Magengegend aus, das die Schmetterlinge in meinem Bauch verdrängte. Was, wenn Rob nur Jane so sehr mochte? Vielleicht würde er sich mit dem Gedanken, dass ich eine Sirene war, niemals anfreunden können, wenn selbst ich mich damit schwer tat. Ich blieb dabei, ihm vorerst nichts zu sagen. Es war meine Entscheidung.

Ich sah auf die Uhr. Es war Zeit für mich, meinen Besuch bei meiner Familie anzutreten. Ich ging leise und vorsichtig den Flur entlang. Mums Schlafzimmertür war geschlossen. Das machte sie öfter, wenn sie schlief. Ich hingegen mochte die Dunkelheit nicht gerne. Meine Zimmertür ließ ich immer einen Spalt weit offen und zog nie die Vorhänge ganz zu.

Leise schlich ich die Treppe hinab. Ich ging in die Küche und griff nach dem Telefon, weil ich wieder ein Taxi rufen wollte, als ich etwas hinter mir wahrnahm. Erschrocken drehte ich mich um und hätte beinahe das Telefon fallen lassen. Es war Mum. Sie war scheinbar noch nicht zu Bett gegangen.

»Ich werde dich fahren.«, sagte sie ruhig und doch bestimmt.

»Macht es dir wirklich nichts aus?«, fragte ich.
Ich war mir bei ihr nicht ganz sicher, ob ich, wenn ich ihr vertraute, auch wirklich am Hafen ankommen würde.

»Nein, natürlich nicht. Dann fahre doch lieber ich dich, als dass du in irgendein Taxi zu einer fremden Person steigen musst.«
Ein Gefühl der Erleichterung überkam mich. Wenn Mum mich fuhr, brauchte ich mir ein paar Gedanken weniger machen.

»Und außerdem ist es ziemlich teuer!«, meinte Mum und griff nach ihrem Mantel und ihrem Autoschlüssel. Sie streifte sich den Mantel über und wir verließen das Haus. Wir fuhren recht zügig durch die Nacht. Ich erklärte ihr, an welcher Stelle genau für mich der Einstieg ins Wasser am einfachsten war. Nach einer Weile hielt sie an. Ihre Hände waren noch immer am Lenkrad. Ich wusste nicht, woran sie in diesem Moment dachte und öffnete die Autotür.

»Soll ich hier warten?«, wollte Mum dann wissen.

Es war kurz nach zehn Uhr.

»Nein, aber würdest du mich später heute Nacht abholen?«

»Selbstverständlich.«

»Ich werde dich anrufen, wenn das für dich in Ordnung ist.«

»Natürlich. Ich nehme das Telefon und mein Handy mit ins Bett. Ich werde sofort kommen, wenn du mich anrufst.«, entgegnete Mum.

»Danke!«, sagte ich.

»Jane?«

»Ja?«

»Sei bitte vorsichtig! Pass auf dich auf.«

Ich ging wie gewohnt ins Wasser und verwandelte mich innerhalb weniger Augenblicke. Die Verwandlung wurde mit jedem Mal erträglicher. In der Ferne hörte ich meine Familie nach mir rufen. Ich folgte einfach den vertrauten Stimmen.

»Hi Jane!«, rief Linda und umarmte mich und ich erwiderte ihre Umarmung.

»Wir haben uns schon Sorgen gemacht!«, meinte Sajara und sah zu Boden.

106

»Wieso?«, wollte ich wissen.

»Nun ja, als du letzte Nacht bei uns warst, da haben wir dir schon ziemlich viel zugemutet, oder?«

Ich wusste, was sie meinte und ich schämte mich dafür, ihnen durch mein eigenartiges Verhalten ein schlechtes Gewissen bereitet zu haben. Wieso hatte ich meine Gefühle nicht besser verborgen? Hatte ich mich überhaupt nicht unter Kontrolle?

»Nein, es war schon in Ordnung für mich!«

Casy lächelte mir zu.

»Sajara hat aber recht. Entschuldige, dass ich dich auf Neumond hingewiesen habe. Es war unüberlegt von mir.«.

»Werdet ihr mich lehren, damit umzugehen?«, fragte ich.

»So lange wir können, werden wir dich so gut es geht davor bewahren!«, sagte Sajara und war völlig entgeistert von meiner Frage.

»Aber ich muss doch wissen, wie es ist. Wäre es nicht viel schlimmer, wenn ich davon überrascht würde?«

Meine Familie wechselte einige Blicke.

»Wir können nicht zulassen, dass du dich an den besagten Tagen im Meer aufhältst.«, sprach Linda.

»Aber...« Ich verstand nichts mehr. »Aber... Was soll denn schon passieren? Wenn ihr mir zeigt, wie ich mich verhalten muss, dann wird doch sicher alles gut gehen.«

Meine Worte schienen sie kaum zu interessieren.

»Das geht nicht, Jane, noch nicht!«, entgegnete Sajara.

Ich sah zu Casy herüber, der die ganze Zeit über nichts gesagt hatte. Er erwiderte meinen Blick.

»Es ist nicht nur das Töten. Das können wir ja noch im Griff halten. Es ist die Verwandlung.«

»Noch eine?«, platzte es aus mir heraus.

107

Die drei starrten mich fassungslos an. Es schien eine völlig unerwartete Reaktion für sie gewesen zu sein.

»Unsere Haare färben sich grün. Wir wissen selbst nicht wieso. An diesen drei Tagen sind sie nun mal grün. Leuchtend grün.«

Langsam verstand ich das Problem.

»Wir können das Risiko nicht eingehen. Vermutlich würden deine Haare, zumindest für eine Zeit, auch dann grün bleiben, wenn du das Wasser wieder verlässt. Und das könnte dich in Gefahr bringen, Jane. Diese grüne Farbe ist anders, glaub mir, sie würde jedem Menschen als etwas auffallen, das außerhalb dessen liegt, was er begreifen kann.«

»Könnte es nicht sein, dass die Tabletten es verhindern?«, wollte ich wissen, obwohl ich bereits wusste, dass auch meine Familie sicher keine Antwort darauf hatte.

Wie würde ich bloß meinen Freunden meine neue Haarfarbe erklären?

»Das können wir zu gegebener Zeit ausprobieren, aber im Moment besser nicht.«, erwiderte Casy.

Ich war damit einverstanden. Es war schwer zu verstehen, warum ich das unbedingt miterleben wollte. Ich wollte einfach nicht, dass sie versuchten, mich vor etwas zu schützen. Zumal es wohl unumgänglich war. Früher oder später. Ich war eine von ihnen und deshalb war es auch für mich wichtig, alles über ihr Leben zu erfahren. Es war nun auch mein Leben! Ohne meine Entführung als kleines Kind hätte ich all das längst schon miterlebt und dieser Gedanke verursachte ein unangenehmes Gefühl in mir.

Es gefiel mir auch nicht, dass Sajara sich Sorgen machte, mir zu viel erzählt zu haben, obwohl es das

Richtige war. Ich wollte es wissen. Ich sollte doch eigentlich auch über alles informiert sein. Andernfalls kam ich mir noch immer so vor, als gehöre ich nicht richtig zu ihnen. Keiner Sirene blieb es erspart zu erfahren, zu was sie geschaffen war.

»Leben auch andere Sirenen in eurer Umgebung?«, fragte ich schließlich.
Bis jetzt hatte ich nie jemanden außer ihnen angetroffen.
»Ja, es leben noch andere Sirenen hier. Wir haben ihnen schon von deiner Rückkehr berichtet und sie wollen dich kennenlernen.«, meinte Casy.
Sajara und Linda warfen ihm einen vielsagenden Blick zu.
»Was macht ihr eigentlich tagsüber so?«, wollte ich wissen.
»Was glaubst du denn, was wir den ganzen Tag über tun?«, fragte mich Linda zurück.
Ich verstand nicht recht, was diese Gegenfrage sollte. Ich wusste wirklich wenig über Sirenen. Allgemein wusste ich wenig über das Meer und die Wesen, die darin lebten, obwohl Mum mir immer mal wieder davon erzählte.
»Ich bin mir nicht sicher.«, sagte ich.
»Tagsüber besorgen wir häufig etwas zu Essen. Wir sammeln Algen.«, meinte Linda.
»Und was macht ihr sonst noch so? Geht ihr arbeiten, habt ihr Berufe? Geht ihr bestimmten Hobbys nach?«
»Unser Leben unterscheidet sich von dem euren. Wir sind ganz anders als Menschen. Wir leben vollkommen anders. Man kann uns vielleicht mit euren Philosophen vergleichen. Wir verbringen Zeit damit, uns Fragen zu stellen, uns damit zu beschäftigen und sie zu beantworten. Jeder von uns auf seine eigene Art und Weise.

Manche begleitet eine Frage ihr ganzes Leben lang. Andere hingegen finden schneller Antworten. Unser Leben ist sehr kreativ. Uns ist unsere Zeit zu schade, um sie, wie ihr es tut, in Bürohäusern zu verbringen. Wenn wir Freude an etwas haben, dann machen wir genau das. Und wenn wir etwas Neues probieren wollen, dann tun wir das einfach.«

Linda sprach mit leuchtenden Augen. Es schien ihr alles so klar und natürlich.

»Und das funktioniert? Du sagst, dass jeder einfach das tut, was er will. Habt ihr keine Regeln oder Gesetze?«, fragte ich.

»Für dich ist das alles vermutlich unvorstellbar. Aber eure Welt funktioniert ganz anders als unsere. Selbstverständlich haben wir Grundnormen und -werte, die nicht gebrochen werden dürfen, aber unser Zusammenleben ist völlig anders geordnet als das der Menschen. Es gibt auch unter uns solche, die aus der Reihe tanzen. Nicht viele, aber es gibt sie. Trotzdem, es ist nicht wie bei euch. Bei uns leben sie im Verborgenen. Sie greifen in der Regel nicht in unser Leben ein. Sie denken nur anders über manche Dinge. Die wenigsten Sirenen führen aber Leben, die sich nicht mit unserem vereinbaren lassen und kaum welche sind boshaft. Falls sie uns aber doch einmal zu gefährlich werden, werden sie verbannt und wie Phil weggesperrt.«, antwortete Casy.

»Und habt ihr keine Angst, dass sie doch etwas Schlimmes tun könnten? Und was sind das überhaupt für Sirenen?«

»Es sind Sirenen, die schlechte Erfahrungen gemacht haben. In der Verborgenheit möchten sie sich schützen und unter ihresgleichen bleiben. Ihre Abwesenheit richtet sich nicht unbedingt gegen uns. Wir haben keinen Streit.

Wir haben nur andere Denkweisen. Die meisten von ihnen würden uns nie etwas antun.«
Ich war ganz fasziniert von dem, was ich hörte und wir unterhielten uns noch eine Weile, bis ich meine Familie wieder verlassen musste.

***

Sobald ich aus dem Wasser zurück an Land war und mich umgezogen hatte, rief ich Mum an und bat sie, mich abzuholen. Wenig später führ sie mit ihrem Wagen vor und die Scheinwerfer des Autos blendeten mich.

»Und, was sagen deine Freunde?«, fragte Mum als ich ins Auto stieg.

»Es sind nicht meine Freunde. Es ist meine Familie!«, entgegnete ich und wartete darauf, dass Mum den Motor startete.

»Ja, entschuldige bitte. Deine Familie.«

Wir fuhren los. Als wir zu Hause waren, legte ich mich augenblicklich in mein Bett. Ich hatte schon lange nicht mehr gut geschlafen. Aber auch heute würde ich nicht sofort einschlafen können.

Der Kuss mit Rob ließ mich weiter nicht los. Ich verbrachte die ganze Nacht damit, über Rob und mich nachzudenken. Kurz vor sieben Uhr schlief ich dann ein. Leider weckte mich mein Wecker bereits fünf Minuten später. Meine Augen konnte ich nicht öffnen. Sie fielen immer wieder zu. Als ich den Wecker zum zweiten Mal hörte, raffte ich mich dann doch auf. Ich wollte ja schließlich Josie nicht wieder Sorgen bereiten. Ich stellte mich noch schnell unter die Dusche und frühstückte dann alleine.

Josie lächelte mir zu, als sie mich auf sich zukommen sah. Ich lächelte zurück. Je näher ich ihr kam, desto kleiner wurde ihr anfangs so freudiges Lächeln.

»Was ist denn mit dir passiert?«, fragte sie, als ich mich neben sie setze.

»Schlecht geschlafen!«, murmelte ich.

»Oh!«

Sie sah mich noch zweimal eigenartig von der Seite an, ehe sie sich dazu durchrang, etwas zu sagen.

»Ich habe gehört, dass es schädlich ist, wenn man nicht ausreichend oder nicht gut schläft. Schläfst du in letzter Zeit schlecht oder wirst du ständig wach?«, wollte sie wissen.

»Ja, das stimmt. Ich habe in den letzten Tagen wirklich nicht gut schlafen können.«, antwortete ich. »Ich kann immer erst sehr spät einschlafen, weil mir so viele Dinge durch den Kopf gehen.«

»Das kenne ich auch. Früher konnte ich fast nie einschlafen, weil ich mir auch über so viele Dinge Gedanken machte. Vielleicht hilft dir Musik. Ich habe mir dann einfach klassische Musik angehört. Und jetzt mache ich das manchmal immer noch. Ich kann es dir wirklich nur empfehlen. Ich bin der Meinung, dass Musik Wunder vollbringen kann.«

Ich lächelte Josie zu.

»Ja, Musik ist wundervoll. Ich könnte mir ein Leben ohne Musik gar nicht vorstellen.«

Der Unterricht begann und war diesmal so langweilig, dass es mir noch schwerer fiel, wach zu bleiben. Josie musste mich ein paar Mal in die Seite stoßen, weil ich auffällig lange die Augen geschlossen hielt. Gähnend verließ ich die Schule. Ich war wirklich völlig übermüdet. Wie ich wohl aussah? Bestimmt schrecklich. Und wahrscheinlich würde ich so auch noch Rob über den Weg laufen. Und natürlich kam es so. Er ließ sich nicht anmerken, dass ich fürchterlich aussah. Ich musste Augenringe bis zu den Knien haben. Ich versuchte, so gutgelaunt wie möglich zu wirken, aber es gelang mir nicht, meine Müdigkeit zu überspielen.

»Du hast nicht gut geschlafen.«, meinte Rob schließlich.

»Ja, ist es so eindeutig zu erkennen?«

»Nicht zu übersehen.«, entgegnete er lachend. »Aber ich habe auch nicht gut geschlafen.«

Rob lächelte mir zu.

»Nein? Wieso nicht?«, fragte ich und unterdrückte ein weiteres Gähnen.

»Ich habe die ganze Nacht über nur an dich gedacht.«

Ich öffnete die Haustür und betrat unser Haus. Ich legte mich auf die Couch im Wohnzimmer und wenige Augenblicke später fielen mir die Augen zu.

Es war ein Geruch, der mich weckte. Es roch unglaublich gut. Ich öffnete meine Augen zaghaft. Bis auf das Küchenlicht war es komplett dunkel.. Erschrocken sah ich auf die Uhr. Zwölf Uhr nachts. Ich stand auf und strich mir durchs Haar. Ich erkannte mir gegenüber Mum, die dabei war, etwas zu kochen. Sie sah zu mir herüber.

»Bist du hungrig? Ich habe dir etwas gekocht. Ich dachte, dass du, wenn du aufwachst, vielleicht hungrig sein würdest.«

»Ja, das bin ich.«, entgegnete ich und fühlte gleichzeitig, wie mein Bauch zu knurren begann.

Ich setzte mich an unseren Tisch und Mum reichte mir einen Teller. Sie setzte sich zu mir und fing auch an zu essen.

»Jane, ich will nicht, dass du denkst, dass ich versuche, dich von deiner Familie fern zu halten. Ich habe es einmal getan und ich werde es kein zweites Mal mehr tun!« Ich musterte sie einen Moment lang.

»Ich weiß.«, sagte ich dann und Mum strich über meine Hand.

Nachdem ich gegessen hatte, überkam mich wieder Müdigkeit, sodass ich schläfrig die Treppe hinauf zu meinem Zimmer ging. Ich legte mich in mein Bett und schlief augenblicklich ein. Im Schlaf hörte ich noch, wie Mum unten aufräumte und drehte mich glücklich zur Seite.

Ich träumte, was ich noch nie zuvor geträumt hatte. Ich war im Meer und in der Ferne konnte ich Linda, Sajara und Casy sehen. Ich unterhielt mich angeregt mit ihnen, aber in einer mir völlig unbekannten Sprache. Alles, was ich sagte und hörte, erschien mir völlig verständlich und klar, aber ich hatte mich so noch nie zuvor unterhalten. Als ich mit dem Klingeln des Weckers erwachte, hatte sich mein neuer Wortschatz wieder aufgelöst. Der Traum hatte sich so unglaublich real angefühlt. Vielleicht hatte ich wirklich mit meiner Familie kommuniziert. In ihrer Sprache! Aber es blieb jetzt keine Zeit, darüber nachzudenken. Ich musste zur Schule.

Zu meiner Verwunderung fühlte ich mich heute glücklicherweise ausgeschlafen und gut. Auf dem Schulweg traf ich, wie an den Tagen zuvor, Rob.

»Du siehst gut aus!«, begrüßte er mich.
Ich lächelte ihm zu.

»Danke. Mir geht es auch gut.«

»Du konntest schlafen?«, fragte er und sah mich

belustigt an. Ich bejahte. Ich hatte wirklich gut geschlafen.

»Hast du vielleicht Lust, heute zu uns zu kommen?«

Ich sah zu Boden. Es war noch alles so neu zwischen uns und mit seinen Eltern war ich bisher nicht richtig warm geworden.

»Willst du nicht?«

»Doch, doch.«, beruhigte ich Rob.

»Wann passt es dir? Nach der Schule?«, fragte Rob.

»Nach der Schule ziehe ich mich zu Hause noch schell um, dann komme ich vorbei, wenn es in Ordnung ist?«

»Klingt gut. Ich freue mich.«

Josie war sichtlich erfreut, dass ich mich erholt hatte und es wurde ein schöner Schultag.

Wie besprochen wechselte ich nach der Schule meine Kleidung und ging zu Rob. Ich hasste meine Schuluniform. Sie stand mir überhaupt nicht. Allen meinen Mitschülern schien sie ausgezeichnet zu passen, nur mir nicht. An mir sah sie unförmig aus. So konnte ich auf keinen Fall Robs Eltern begegnen. Das letzte Mal war ich mir bereits in meiner Kleidung idiotisch vorgekommen. Das sollte nicht noch mal passieren.

Eigentlich mochte ich ja Mode. Wenn ich mit Emma einkaufen war, dann hatte ich immer für sie Outfits ausgesucht, weil sie darin nicht gut war. Auch für mich fand ich oft tolle Kleidungsstücke, vor allem in Second-Hand-Läden. Aber als ich die Caristons das Letzte mal besucht hatte, war ich mir nicht richtig im Klaren darüber gewesen, wie vornehm sie sich kleiden würden. Rob hatte mir zwar gesagt, ich bräuchte mir darüber keine Gedanken zu machen und ich wusste natürlich auch, dass ich mit ihnen wohl niemals mithalten könnte, aber gerade weil Rose sich offensichtlich noch nicht für mich erwärmen konnte, wollte ich ihr *gefallen*. Es hätte mir nicht so wichtig sein dürfen, sie war mir ja nicht mal sympathisch, doch je abweisender sie mir gegenüber war, desto mehr wollte ich von ihr gemocht werden.

Ich klingelte. Kurz darauf öffnete mir Tiffany die Tür. Sie bat mich herein und rief nach ihrem Bruder. Rob kam die Treppe herunter und er umarmte mich. Ich konnte in Tiffanys Gesicht lesen, dass sie schon längst über uns Bescheid wusste. Er hatte mich nicht umarmt, wie man seine Freunde umarmt. Er hatte mich umarmt, wie man die Person umarmt, für die man Gefühle hat. Rose kam zu uns in den Flur.

»Jane. Ich habe Tee gekocht. Möchtest du welchen?«, wollte sie wissen.

Noch immer konnte ich nicht genau sagen, was es war, aber in Roses Nähe fühlte ich mich immerzu unwohl. Ich hatte versucht, mir dieses Gefühl auszureden, aber es wurde von Mal zu Mal stärker. Ihre Augen durchbohrten mich regelrecht. Es war unheimlich.

»Nein, danke.«, entgegnete ich.

So, wie Rose mich ansah, hätte sie mich wohl am liebsten mit ihrem Tee vergiftet und ich hatte keine Ahnung, was sie gegen mich hatte.

Natürlich war es keine gute Idee, ihren Tee abzulehnen. Das würde ihre immer offensichtlicher werdende Abneigung gegen mich verstärken, darüber war ich mir im Klaren. Plötzlich schien ihre Anspannung jedoch nachzulassen, was zur Folge hatte, dass auch ich mich etwas besser in meiner Haut fühlte.

Wir setzten uns auf das große Sofa im Wohnzimmer der Caristons. Harold kam die Treppe herauf und trat ins

Zimmer herein. Er musterte mich, dann seinen Sohn und dann wieder mich. Rob räusperte sich und nahm dann ganz einfach meine Hand in seine. Er sah mich an, als wollte er sich versichern, dass es in Ordnung für mich war. Ich drückte ganz sachte und von den anderen unbemerkt seine Hand.

Rose, die uns gegenüber saß, schien sich beinahe an ihrem Tee zu verschlucken. Sie wirkte wütend auf mich. Was hatte sie nur? Rob hatte doch nicht verkündet, dass wir gemeinsam durchbrennen und heimlich heiraten würden oder ein Kind erwarteten. Ich hörte Tiffany leise kichern. Bis auf ihr Lachen war es völlig still. Ich lief rot an und sah zu Boden.

Ohne ein weiteres Wort zu sagen, zog Rob mich an der Hand aus dem Zimmer und wir gingen spazieren. Die frische Luft tat mir gut. Rob verstand es, mit unangenehmen Situationen umzugehen. Anstatt seinen Eltern alles zu erklären, handelte er einfach ohne ein einziges Wort zu verlieren. Er wartete nicht auf eine Reaktion seiner Eltern, er nahm einfach meine Hand und wir gingen spazieren. Alles, was er seiner Familie hatte mitteilen wollen, hatte er ohne Worte ausgedrückt. Er erwartete keine Antwort oder Zustimmung von ihnen.

Rob blieb stehen und lächelte mir zu, als hätte er meine Gedanken gelesen. Dann legte er seine beiden Hände auf meine Wangen und küsste mich zärtlich.

***

Es war wieder an der Zeit, meine Familie zu besuchen und so stand ich in der Nacht am Hafen und blickte auf das dunkle Meer hinaus. Mum hatte mich gefahren und mir versprochen, mich später wieder abzuholen.

Als ich meine Familie erreichte, konnte ich noch immer nicht den Gedanken an Neumond abstreifen. In ein paar Tagen würde Neumond sein und ich wollte ihn unbedingt miterleben.

»Kann ich an Neumond dabei sein?«, fragte ich mutig.

Meine Eltern und Linda wechselten einen Blick. Ich konnte sehen, dass sie noch immer dagegen waren, doch anstatt es mir auszureden, wie ich es erwartet hatte, nickten sie bloß.

»Neumond fällt auf einen Samstag. Das heißt, falls sich deine Haare grün färben sollten, dann würden sie, wie wir dir ja bereits erklärt haben, am Tag vor Neumond, also am Freitag und auch noch am Tag nach Neumond so bleiben. Das wäre der Sonntag. Du müsstest nicht in die Schule und bräuchtest niemandem zu begegnen. Erst am darauffolgenden Tag wärst du von der grünen Farbe befreit. Du musst wissen, es ist wirklich kein gewöhnliches grün. Es leuchtet im Dunkeln, wie Casy es dir bereits beschrieben hat. Du darfst es keinesfalls unterschätzen. Für uns ist es gewöhnlich, aber es würde jedem Menschen sofort auffallen.«, sagte Sajara.

»Danke!«, rief ich. »Ich verspreche, ich werde vorsichtig sein und mich ganz und gar an eure Anweisungen halten.«

»Schlaft ihr nicht abends?«, fragte ich nach einer Weile, weil es mich langsam verwunderte, dass Casy, Sajara und Linda meine nächtlichen Besuche nicht störten.

»Doch, hin und wieder schon, aber wir verstehen ja, dass du nur nachts kommen kannst und außerdem haben wir ein anderes Schlafverhalten als Menschen. Mach dir um uns keine Sorgen.«

Linda gähnte passend dazu, sodass wir alle anfingen zu lachen.

»Du solltest noch einmal in dich gehen, Jane.«, meinte Casy dann zu mir. »Ob du das mit Neumond wirklich willst. Du hast unseren Standpunkt dazu gehört und wir stimmen deiner Anwesenheit nur zu, weil Neumond glücklicherweise auf ein Wochenende fällt. Vergiss nicht, dass du Neumond nur einmal zum ersten Mal erleben kannst. Und wenn du auch nur ansatzweise Zweifel hast oder dich nicht bereit fühlst, dann warte. Es eilt nicht.«
Ich wusste, dass meine Familie es nur gut meinte, aber ich hatte meine Entscheidung bereits getroffen.

Später holte mich wieder Mum ab. Sie lächelte mir zu und ich stieg in ihr Auto. Auf der Fahrt zurück nach Hause sah Mum immer wieder in den Rückspiegel. Ihre Blicke waren ständig auf mich gerichtet.
»Wirst du es tun?«, fragte sie.
Ich war verwirrt.
»Was tun? Was meinst du?«
»Na, wirst du an Neumond bei ihnen sein?«
»Ja.«, antwortete ich und hätte es mir schon denken können, dass Mum über Neumond Bescheid weiß.
»Wie können sie das nur zulassen? Jane, was ist nur in sie gefahren? Wollen sie wirklich, dass du dabei bist?«
»Mum! Es ist *mein* Wunsch. *Ich* will dabei sein.«
Mum wirkte sichtlich geschockt, fragte mich aber nicht nach dem Grund. Ich hätte ihn ihr auch nicht erklärt. In Mums Augen sah ich Enttäuschung und ich fragte mich, was sie mehr enttäuschte. Dass ich selbst entschieden hatte, an Neumond bei meiner Familie zu sein, oder dass ich es ihr nicht sofort gesagt hatte.
»Ich werde schon vorsichtig sein.«, versprach ich, aber es schien, als könnte ich Mum nicht beruhigen.

Am nächsten Tag lud mich Rob erneut zu sich ein.

»Meine Mum würde dich gerne zum Abendessen einladen. Wie wäre es mit Sonntag?«, fragte Rob.

Seine Mum? Wirklich?, überlegte ich kurz und dachte dann für einen Moment nach, ob ich tatsächlich kommen könnte. Meine Familie hatte gesagt, dass ich am Sonntag das Haus nicht verlassen dürfte. Allerdings hatte mir Linda auch gesagt, dass die Dauer der Veränderung der Haarfarbe von Sirene zu Sirene verschieden sei. Und niemand konnte genau sagen, wie stark die Tabletten, die ich nahm, letztlich doch sein würden.

»Ich weiß es nicht genau, aber ich hoffe, dass ich kommen kann.«, antwortete ich und sah zu Rob herüber.

»Du kannst auch gerne mal zu mir nach Hause kommen. Ich bin viel allein dort.«

Er nickte. »Sehr gern.«

Unsere Blicke trafen sich und wir lächelten uns glücklich an.

Gefährlicher Neumond

Ich wusste nicht wirklich, was mich erwartete. Wahrscheinlich würde nachts nicht viel passieren. Davon ging ich zumindest aus, als ich freitags nachts ins Meer glitt. Ich konnte mir nicht vorstellen, dass viele Menschen nachts am Meer spazieren gingen. Ich konnte mir auch nicht vorstellen, dass es mich treffen würde und ich besessen singen würde, gerade wo ich meine *Muttersprache* verlernt hatte. Und davon war auch meine Familie überzeugt. Sie hatten mir erklärt, dass Sirenen überall verteilt im Meer in Bereitschaft sein würden, um schnellstmöglich einzugreifen, sollte es nötig werden.

»Wir bleiben in unserer Höhle und warten. Für den Fall, dass wir eine besessene Sirene in unserer Nähe bemerken, brechen wir augenblicklich auf, um der Sirene und den Menschen, die sie möglicherweise in Gefahr bringt, zu helfen.«, hatte Casy mir einen typischen Neumond beschrieben.

Auch wenn ich versucht hatte, mich innerlich darauf vorzubereiten, erschrak ich dennoch, als mir Linda, Sajara und Casy entgegenschwammen. Ich konnte sie nicht einmal begrüßen.

»Eure Haare...«, flüsterte ich.

Linda sah mich nervös an.

»Ganz ruhig...«, sagte sie zu mir und griff nach meiner Hand.

»Das hatten wir dir ja gesagt.«

Ja, ich wusste, dass ihre Haare sich grün färben würden,

aber dieses Grün... Es wirkte bedrohlich und anziehend zugleich auf mich. Es war ein grauenvoll giftiges Grün und mit keiner Farbe zu vergleichen, die ich bisher gesehen hatte. Dieses Grün passte nicht zu ihren freundlichen Gesichtern. Es ließ sie gefährlich wirken. Ruckartig griff ich nach meinem Haar und betrachtete es. Es hatte genau dieselbe Farbe und für einen kurzen Moment erschrak ich vor mir selbst. Ich war jetzt eine von ihnen. Eine Sirene. Menschlicher — und doch ging von mir eine genauso große Bedrohung aus.

»Glaubst du wirklich, dass du dabei sein willst, Jane? Es kann ein schrecklicher Anblick sein, besessene Sirenen zu sehen. Oft wollen sie auch gar nicht morden, und das, obwohl sie besessen sind. Das bedeutet, sie erkennen, was mit ihnen geschehen ist, haben aber keine andere Wahl.«, versuchte mir Sajara ein letztes Mal auszureden, Neumond mit ihnen zu verbringen.

»Doch, ich bin bereit dazu. Ich habe keine Angst, denn ihr seid ja bei mir. Ich kann euch nicht versprechen, dass ich es später nicht bereue. Aber im Moment habe ich das Gefühl, dass ich alles kennenlernen will, was ich die ganzen Jahre verpasst habe. Ganz gleich, ob es eine schöne oder weniger schöne Erfahrung ist.«

»In Ordnung. Ich verstehe das, aber bitte sei darauf gefasst, dass es auch diese Nacht geschehen kann. Wenn ein Schiff genau an der Stelle vorbeifährt, an der eine besessene Sirene aus dem Meer aufsteigt, dann springen immer wieder Besatzungsmitglieder ins offene Meer. Sie ertrinken in ihrer Trance oder werden von der Schiffsschraube erwischt. Niemand von uns ist davor sicher, dieser mystischen Kraft zum Opfer zu fallen. Unsere Familien, Casys sowie meine, sind bisher immer davor verschont geblieben. Aber es kann jeder Zeit passieren.

Dann können wir nichts mehr tun, außer zu versuchen, sie aufzuhalten und ihnen zu helfen, bis sie von ihrer Trance befreit sind. All das kann schrecklich sein, aber das Wichtigste ist immer, dass jeder von uns dabei unterstützt, Menschen zu retten. Falls dies heute der Fall sein sollte, dass eine Sirene ihre Besinnung verliert, dann musst du darauf vorbereitet sein!«, mahnte Sajara.

»Was soll ich jetzt tun?«, fragte ich sie.

»Du musst ganz leise sein, damit du hören kannst, wenn eine Sirene oder ein Mensch deine Hilfe brauchen. Aber mach dir keine Sorgen, wir werden dich heute auf keinen Fall überfordern. Solltest du allerdings spüren, dass eine Sirene besessen und ein Mensch in Gefahr sind, sag uns sofort Bescheid und versuch, der Person zu Hilfe zu eilen, wenn du dich dazu bereit fühlst.«

»Was bedeutet *spüren*?«, wollte ich wissen.

»Normalerweise sehen oder hören wir es, wenn Menschen in Gefahr sind. Aber manchmal spüren wir es auch einfach bloß.«, erklärte Casy.

Ich versuchte mir eine Strategie zurecht zu legen, wie ich eine Person retten könnte, so unerfahren wie ich war. Linda nahm meine Hand und zog mich in ihre Unterkunft. Casy und Sajara folgten uns.

»Hast du Hunger? Möchtest du etwas essen?«, wollte Linda wissen.

»Algen?«, fragte ich und runzelte die Stirn.

»Hast du Lust, ein bisschen davon zu probieren? Es gibt so viele unterschiedliche Geschmackseindrücke. Das Meer ist voll von Pflanzen.«

Ich kostete zaghaft und war dann doch von dem Geschmack angetan. Es schmeckte wirklich gut.

Wir blieben lange Zeit in unserer unterirdischen Höhle. Es war unglaublich still und ruhig. Ich spürte, wie mich die Ruhe um mich herum innerlich immer angespannter werden ließ. Hatte ich mir doch zu viel zugemutet? Was würde mich erwarten? Würde überhaupt etwas passieren? Ich war nervös und aufgeregt zugleich.

Plötzlich hörte ich etwas in der Ferne. Es war ein leises Geräusch, das immer lauter wurde. Es klang schön und gleichzeitig kläglich. Meine Eltern wechselten einen Blick. Sie sahen mich an und ich verstand. Es war soweit. Es war geschehen.

»Wie weit ist es von hier?«, fragte ich Linda.

»In Meilen etwa 100.«

»Wir sind in einer Minute dort, wenn wir uns beeilen.«, meinte Sajara und sah Casy auffordernd an.

Sajara und Linda schwammen aus der Höhle heraus und waren innerhalb von Sekunden bereits nicht mehr zu sehen. Ich sah Casy nervös an.

»Keine Angst!«, sagte er und lächelte.

Er nahm meine Hand und zog mich in einem unglaublich schnellen Tempo hinter sich her. Bald hatten wir Sajara und Linda eingeholt. In letzter Zeit hatte ich immer mehr Kontrolle über meine Flosse gewonnen und konnte mittlerweile auch bereits einigermaßen gut damit umgehen. Aber von der Geschwindigkeit, die meine Familie aufbrachte, war ich noch weit entfernt.

Je näher wir dem Geräusch kamen, umso kläglicher und lauter wurde es. Als wir das Ziel erreicht hatten, war bereits eine weitere Gruppe von Sirenen dort, die versuchte, das sich windende, etwa 17-jährige Mädchen festzuhalten. Ich sah sofort, dass sie keine Chance hatten. Die Augen des jungen Sirenenmädchens schienen fast aus ihrem Kopf herauszutreten. Sie sang immerzu. Ich konnte ihr Gesicht kaum erkennen, da sie sich ununterbrochen bewegte.

»Sie versucht es.«, flüsterte Casy Linda und Sajara zu.

»Was meinst du damit?«, fragte ich ihn leise.

Casy sah zu dem Mädchen herüber, das sich jetzt aus den Armen der anderen Sirenen, die sich wie Schlingen um sie gelegt hatten, befreit hatte und wie ein Blitz an die Wasseroberfläche schoss.

»Sie weiß, dass sie momentan besessen ist. Das kommt nicht immer vor, aber es ist auch keine Seltenheit. Sie versucht sich zu wehren, aber sie schafft es nicht, gegen diesen Bann anzukämpfen. Irgendwann lässt er sie fallen, aber man weiß nie genau wann.«

Sajara schwamm zu der anderen Gruppe herüber und sprach in ihrer Sprache mit ihnen. Nach kurzer Zeit kam sie zurück.

»Und, hat sie?«, fragte Linda.

Sajara nickte und sah zu Boden.

»Oh nein!«, flüsterte Linda entsetzt und starrte auf die Stelle, an der die Sirene gerade wieder ins Wasser eintauchte.

»Sie heißt Chloë. «, sagte meine Mutter.

Ich sah zu Chloë herüber. Für einen Moment trafen sich unsere Blicke. In ihren Augen war so viel Leid. Sie konnte nicht aufhören zu singen und sich zu drehen und ständig aus dem Wasser aufzusteigen.

Wie sie mich ansah. Dieser Ausdruck in ihren Augen. Ihre Angst und auch ihre Scham berührten mich sehr. Ich konnte die in mir aufkommende Traurigkeit nicht länger aufhalten. Auch wenn ich im Wasser nicht weinen konnte, hielt ich mir reflexartig die Hände vors Gesicht. Meine Eltern verstanden dennoch sofort, was in mir vorging.

Casy legte seinen Arm um mich und Sajara redete mir gut zu. Es dauerte lange, bis ich mich wieder beruhigt hatte.

»Es ist schon okay. Es ist wichtiger, dass ihr euch darum kümmert, dass, falls Chloë noch einen Menschen in Trance versetzt, dieser gerettet wird. Mir geht es schon besser.«, versicherte ich.

Ich blieb alleine zurück, als Chloë erneut einen Menschen mit ihrem Gesang verführte. Ich fühlte mich hilflos. Ich konnte nichts tun. Anstatt zu helfen, zitterte ich am ganzen Körper vor Angst, Verzweiflung und Anspannung. Es dauerte noch etwa drei ewig lange Stunden, bis Chloë das letzte Mal ins Wasser eintauchte. Sie brach am Meeresgrund schreiend und zitternd zusammen. Alle bis auf Linda schwammen zu ihr und sprachen ihr gut zu, aber sie nahm die vielen Sirenen um sie herum nicht wahr. Ich schwamm langsam näher auf sie zu. Linda blieb die ganze Zeit über dicht bei mir.

»Kannst du für mich übersetzen?«, bat ich sie.

Linda willigte ein und gab mir zu verstehen, dass sie nun übersetzen würde, was Chloë und die anderen in der mir fremden Sprache sagten.

»'Lebt er noch'?«, fragte Chloë verzweifelt.

Alle redeten wieder auf sie ein. Zwar hatte ihr zweites Opfer überlebt, ihr erstes hingegen nicht. Als sie das erfuhr, schrie sie laut auf. Dieser Schrei traf mich bis ins Mark und ließ mich zusammenzucken.

»'Beruhige dich, bitte. Du hast alles versucht, obwohl du weißt, dass es beinahe unmöglich ist, dagegen anzukommen.'«, versuchte eine Sirene der anderen Gruppe Chloë zu besänftigen.

»'Aber ich habe gemordet!'«, schluchzte Chloë.

»'Du weißt, dass das nicht wahr ist. Du würdest nie einem Menschen etwas antun. Das warst nicht du. Du warst besessen.'«, meinte Sajara.

»'Das entschuldigt noch lange nicht, was ich der Familie des Menschen angetan habe!'«

»'Es ist schwer für dich, das zu verkraften, aber akzeptiere, dass das nicht deine Schuld war. Es gibt nur wenige, die versuchen sich dieser ungeheuren Kraft zu widersetzen.'«, beschwichtigte Casy Chloë und half ihr, sich aufzurichten.

Sie strich sich die grünen Haare aus dem Gesicht und schwamm dann unsicher und noch immer völlig aufgelöst davon.

»'Warum?'«, schrie sie in die Dunkelheit hinein.

»'Warum nur?'«

Ich wusste, es musste viel Zeit vergehen, bis ich diesen Schock verkraften würde. Ich blieb noch den ganzen restlichen Samstag bei meiner Familie, konnte es aber kaum erwarten, das Meer zu verlassen. Der Tag verlief sehr entspannt, es gab keine weiteren Vorkommnisse. Aber gerade weil sich meine Familie von dem zu erholen schien, was tags zuvor geschehen war und sich überwiegend ausruhte, hatte ich viel zu viel Zeit über die Geschehnisse nachzudenken. Ich bekam Chloës schmerzerfülltes Gesicht nicht aus meinem Kopf und allein bei dem Gedanken daran versteifte sich mein ganzer Körper und ich musste mich zusammenreißen, um in mir aufkommende Panik zu unterdrücken.

In der Nacht zum Sonntag verließ ich das Meer wieder. Mum erschrak, als sie meine Haare sah. Nachdem ich mich ins Bett gelegt hatte und nach ein paar Stunden wieder aufstand, hatten meine Haare ihre intensive Färbung bereits weitestgehend verloren. Nur noch ein ganz leichter Hauch von grüner Farbe war in ihnen. Aber es würde nicht auffallen, dessen war ich mir sicher. Auch Mum war verwundert, als sie mich die Treppe hinunterkommen sah.

»Deine Haare sind ja schon wieder beinahe menschlich.«, stellte sie fest und trank einen Schluck Kaffee. »Ich habe ganz vergessen dir zu sagen, dass gestern Nachmittag ein Mädchen namens Josie für dich angerufen hat. Sie wollte heute vorbeikommen.«

»Hat sie gesagt, warum?«, fragte ich, denn bisher hatte ich Josie nur in der Schule getroffen.

Mum schüttelte den Kopf.

»Sie hat sich bloß erkundigt, ob du heute wieder da seist und anschließend gefragt, ob es in Ordnung sei, wenn sie dich besuchen käme. Ich finde es schön, dass du offensichtlich eine Freundin gefunden hast. Früher waren Emma und du unzertrennlich und seit wir hier wohnen, habt ihr euch kaum noch gesprochen, geschweige denn gesehen. Und bis zu den Sommerferien ist es noch ein bisschen hin.«

»Ich glaube nicht einmal mehr, dass Emma mich in den Ferien besuchen wird. Sie meldet sich nicht mehr. Ich glaube wirklich, dass ich sie als Freundin verloren habe.«

Es verletzte mich und trotzdem machte es mich nicht so traurig, wie ich angenommen hatte. Nie hätte ich geglaubt, dass unsere Freundschaft einmal nicht mehr Bestand haben könnte, denn Emma war für mich die beste Freundin gewesen, die ich mir nur hätte vorstellen können. Aber es waren so viele Dinge seit dem Umzug geschehen. Und ich war neuen Personen begegnet, die innerhalb kürzester Zeit einen so großen Raum in meinem Leben eingenommen hatten, dass es mir nicht so schwer fiel, Emma und unsere Freundschaft loszulassen. In Anbetracht meiner Situation war es vielleicht auch das

Beste. Sie würde nie erfahren, dass ich eine Sirene war. Ich hegte keinerlei Groll. Emma ging es wohl nicht anders als mir. Auch wenn sich unsere Wege getrennt zu haben schienen, verspürte ich Dankbarkeit für unsere gemeinsame Zeit. Ich würde sie nie vergessen.

»Hey, du siehst heute richtig toll aus! Hast du was mit deinen Haaren gemacht?«, fragte Josie, nachdem ich ihr die Tür geöffnet hatte.
Ich schluckte. Hatte sie irgendetwas entdeckt? Josie hätte meine Haare vermutlich auch dann toll gefunden, wenn sie schwarz gefärbt mit gelben Punkten gewesen wären. Sie hätte nie gesagt, dass meine Haare merkwürdig aussehen, nur um mich nicht zu verletzen.
»Meinst du?«, fragte ich unsicher.
»Ja, sie sehen irgendwie anders aus als sonst.«
»Was meinst du damit?«, fragte ich nervös.
»Sie sehen einfach anders aus.«
»Wie anders?«, hakte ich nach und hoffte, endlich eine Antwort zu bekommen.
»Ach, ich weiß nicht!«
Josies Worte verunsicherten mich, sodass ich erst einmal ins Bad lief und mich im Spiegel betrachtete. Ich konnte keine grüne Färbung in meinem Haar mehr erkennen und ging beruhigt zurück zu Josie, die mich verwirrt ansah.
»Deine Haare sehen toll aus, wirklich!«, versicherte sie mir wieder. »Ich wollte dich damit nicht verunsichern, es sollte bloß ein Kompliment sein.«
»Das ist nett von dir.«, erwiderte ich und beruhigte mich langsam. »Möchtest du vielleicht einen Tee trinken?«

Nachdem Josie und ich lange Zeit miteinander gesprochen hatten und sie gegangen war, machte ich mich fertig für das Abendessen bei den Caristons. Obwohl ich etwas Angst vor Rose hatte, verließ ich wenig später das Haus mit Rob, der mich abholen kam, nachdem ich ihm Bescheid gegeben hatte. Wegen meiner Haare machte ich mir keine Sorgen mehr, weil auch Rob nichts aufzufallen schien.

Rose öffnete uns die Tür und wir traten ein. Irgendetwas schien Rose zu verwirren, denn sie betrachtete mich eigenartig. Allerdings hatte ich mich mittlerweile schon daran gewöhnt. Sie kam näher, begrüßte mich und sah mich weiter an. Rob nahm mich mit in sein Zimmer. Er hatte sofort bemerkt, was auch mir aufgefallen war.

»Mach dir keine Sorgen, Jane. Meine Mutter kriegt sich schon wieder ein. Ich werde noch einmal mit ihr sprechen.«

»Es ist nicht so schlimm, Rob.«, versuchte ich ihn zu beruhigen.

»Ich habe bemerkt, wie sie dich angesehen hat. Noch nie war sie mir so fremd. Sie verhält sich in deiner Gegenwart völlig anders. Eigentlich ist sie die freundlichste und herzlichste Person, die ich kenne, aber was dich betrifft... Du hast etwas an dir, dass sie zu stören und zu provozieren scheint und ich komme nicht dahinter, was es ist. Ich habe meine Mutter schon darauf angesprochen. Aber jedes Mal blockt sie ab und spielt ihr Verhalten gegenüber dir herunter. Aber was es auch sein mag, es ist mir egal! Die Meinung meiner Mutter kümmert mich nicht.«, sagte Rob und seine Lippen formten dann ein Lächeln. Er kam auf mich zu und wir küssten uns.

Nach einer Weile trat Rose ins Zimmer. Sie brachte uns Tee und musterte mich erneut eindringlich.

»Jane, kommst du bitte mit mir, ich möchte dir etwas

zeigen!«, meinte sie.

Ich nickte und folgte ihr nach draußen mit einem mulmigen Gefühl. Rob sah mich an und schien mich zu fragen, ob das für mich in Ordnung sei. Ich lächelte ihm zu. Rose ging mit mir in eines der vielen Zimmer des Hauses. Plötzlich kam sie mir ganz nah. Ihre Augen funkelten und dann strich sie durch mein Haar. Mein Herz schlug mir bis zum Hals und ich rührte mich nicht. Ich war wie gelähmt und konnte mich nicht bewegen. Ich sah, wie sie eine Strähne meines Haares durch ihre Finger gleiten ließ. Ich erschrak: Die Strähne war grün.

Mein Herz schlug immer schneller und meine Brust schmerzte. Rose atmete schwer und flüsterte dann mit einer Angst einflößenden Stimme: »Komm meinem Sohn nicht zu nahe. Halte dich von ihm fern, oder du wirst es bereuen!«

Sie ließ mich ruckartig wieder los. Ich lief so schnell ich konnte aus dem Zimmer. Meine Füße flogen die Treppe hinunter. Ich hörte Rob aus seinem Zimmer kommen, aber ich schlug die Haustür hinter mir bereits zu. Ich rannte mit all meiner Kraft davon. Dann hörte ich, wie mir jemand nachlief. Mein Herz hämmerte in meiner Brust. Ich hatte furchtbare Angst.

Rose hatte das Grün in meinen Haaren gesehen. Ich konnte nachvollziehen, dass sie sich davor fürchtete. Aber da war noch etwas anderes in ihren Augen und ihrer Stimme gewesen. Auch wenn ich versuchte, mir einzureden, dass ich es mir nur eingebildet hatte. Ich hatte Abneigung und abgrundtiefen Hass gespürt. Als gäbe es nichts, das sich mehr abstoßen könnte, als wir beide in diesem Moment.

Neuigkeiten

Ich hörte, wie es ununterbrochen an der Tür klingelte. Ich blieb aber regungslos, ich konnte nicht öffnen. Und ich wollte Rob jetzt nicht sehen, das hatte ich auch Mum zu verstehen gegeben. Sie zuckte nur mit den Schultern und fragte nicht weiter nach, was vorgefallen war. Vermutlich konnte sie es sich sowieso schon denken.

Ich wusste, dass ich Rob anlügen musste. Es war alles meine Schuld, denn ich hätte es nie so weit kommen lassen dürfen. Ich hätte mich von Menschen fern halten sollen, sobald ich wusste, dass ich selbst keiner mehr war. Eigentlich hätte mir doch gerade das nach unserem Umzug leicht fallen müssen, denn ich kannte so gut wie niemanden hier. Aber ich hatte weiterhin an meinem Leben als Mensch festgehalten. Ich hätte Rob nicht wiedersehen dürfen. Und Rose, sie war die Einzige, die erkannte, was ich für einen Fehler begangen hatte. Erst jetzt wurde mir bewusst, welche große Gefahr ich für Rob darstellte. Ich könnte seine heile Welt zerstören, sein ganzes Leben, so wie meines durch den Sturz ins Wasser ausgelöscht worden war. Wie würde er damit umgehen, wenn er erfahren würde, wer ich wirklich war?

»Es ist besser, wenn die Menschen nichts von unserer Existenz wissen!«, hatte Linda mir einmal gesagt.
Sie meinte, dass es ein großer Fehler gewesen sei, je einem Menschen davon erzählt zu haben. Und meine Entführung hatte sie an jedem Tag aufs Neue daran erinnert.

Ich hatte es geschafft, mich irgendwie mit meinem Schicksal zu arrangieren, aber ich wollte es Rob nicht zumuten. Anders als ich, konnte er noch ein normales Leben führen, ohne je zu wissen, dass die Welt um ihn herum nicht die war, für die er sie hielt.

Man musste nicht einmal labil sein, um mit dieser neuen, alles verändernden Information überfordert zu sein. Vielleicht war ich nie ein realistischer, rational denkender Mensch gewesen. Vielleicht war das der Grund dafür, dass ich geglaubt hatte, meine beiden Leben parallel nebeneinander führen zu können, gleichzeitig sowohl Amarilla als auch Jane zu sein. Aber jetzt wusste ich, dass es unmöglich war. Ich würde mich entscheiden müssen. Ich konnte nicht länger davon ausgehen, dass alles irgendwie funktionieren würde. Was, wenn Josie heute tatsächlich die grüne Strähne in meinem Haar gesehen hätte? Wie naiv ich nur gewesen war. Mir liefen Tränen über das Gesicht und ich konnte sie nicht zurückhalten.

Mum trat in mein Zimmer und nahm mich in den Arm. Es tat gut. Ich musste nichts sagen, denn sie wollte nichts wissen. Sie hatte verstanden, genauso wie ich, dass sich alles verändert hatte. Für immer. Auch zwischen uns beiden war alles anders und dennoch konnte ich nicht aufhören, sie zu lieben. Sie war noch immer meine Mum.

Irgendwann war Rob gegangen, ich weiß nicht, wie lange er draußen vor der Haustür gestanden hatte. Als Mum später für einen Spaziergang das Haus verließ, war er jedenfalls nicht mehr dort. Ich wusste nicht, wie ich mich in Zukunft gegenüber ihm verhalten sollte. Würde ich ihm aus dem Weg gehen? Würde ich mit ihm sprechen? Würde ich es übers Herz bringen, unsere Beziehung, die gerade erst begann, zu beenden? Beim

Gedanken daran, schmerzte mein ganzer Körper. Ich weinte, bis ich nicht mehr konnte. Dann schlief ich völlig erschöpft ein.

Am nächsten Morgen sah ich müde auf den Wecker. Es war zehn Uhr. Mum musste ihn ausgestellt haben. Ich war nicht wütend. Ich hatte noch nie die Schule geschwänzt, aber diesmal war ich ganz froh darüber, nicht zur Schule gehen zu müssen. Ich ging die Treppe hinunter und sah den gedeckten Tisch. Mum hatte ihn vor der Arbeit für mich gedeckt. Ich las die Zeitung, um mich abzulenken und nahm wie üblich meine Tabletten. Heute verspürte ich wieder Bauchschmerzen, sodass ich ganz vorsichtig und nur wenig aß. Anschließend setzte ich mich auf die Couch und starrte aus dem Fenster in unseren kleinen Garten.

Nachdem ich den ganzen Morgen Schmerzen gehabt hatte, war es nun schon bald Nachmittag und ich hatte im Gefühl, dass Rob nach der Schule wiederkommen würde. Zumindest hoffte ich das tief in meinem Inneren. Ich wollte nicht, dass es zwischen uns so enden würde. Vielleicht würde er auch gar nicht mehr wiederkommen, nachdem ich ihn vor der Haustür hatte stehen lassen.

Doch Rob war noch nicht bereit, aufzugeben. Etwas später klingelte es tatsächlich an der Haustür. Zunächst war ich nicht sicher, ob ich öffnen würde. Aber diesmal fühlte ich mich nicht wie versteinert. Rob verdiente Antworten auf seine Fragen. Die mussten mir nur erst noch einfallen.

Ich hätte mich dafür ohrfeigen können, dass ich in der letzten Zeit zu einer mittelmäßigen Lügnerin herangereift war. Ich hatte so viel gelogen, wie in meinem ganzen bisherigen Leben nicht.

Es klingelte erneut. Ich stand auf, ging zur Tür und öffnete sie ganz zaghaft. Mir war ganz schlecht vor Aufregung. Rob sah mich ebenfalls ganz unglücklich an.

»Kann ich bitte hereinkommen?«, fragte er.

Ich hielt einen Moment inne und ließ ihn dann eintreten. Er sagte nichts und sah sich bloß um.

»Es tut mir leid.«, sagte ich dann.

Er sah mich an, als hätte er das in keiner Weise erwartet.

»Nein, mir tut es leid. Ich weiß nicht, was Rose zu dir gesagt hat und was sie dir angetan hat, aber ich lasse nicht zu, dass sie dich beleidigt. Sie kann nicht verhindern, dass wir uns sehen, wenn es das ist, was sie zu erreichen versucht. Von mir aus können wir uns auch immer hier treffen oder in der Stadt oder wir wandern aus, ganz egal.«, meinte Rob und nahm mein Gesicht in seine Hände.

Ich ging einen Schritt zurück.

»Es tut mir im Herzen weh, Rob, aber ich darf dich vorerst nicht mehr sehen.«, sagte ich mit zittriger, brüchiger Stimme.

»Bitte sag so etwas nicht. Sag es nicht, nur, weil sie dir gedroht hat. Du brauchst keine Angst vor ihr haben.«

»Ich sage es, weil es sein muss.«, entgegnete ich und sah ihm in die Augen. »Vorerst zumindest nicht.«

»Willst du das, was zwischen uns ist, beenden?«, fragte Rob.

Ich wusste, dass es richtig gewesen wäre, »ja« zu sagen und ihn dadurch zu schützen, aber meine Gefühle für ihn waren bereits nach so kurzer Zeit viel zu stark. Wie wir so zusammenstanden, konnte ich ihn nicht von mir stoßen und ich wusste, dass ich es nie könnte. Ich wusste in diesem Moment, ich liebte ihn.

Vielleicht würde ich von ihm so viel Abstand wie möglich halten können und ihn trotzdem nicht aufgeben müssen. Vielleicht würde er all das, was mein neues Leben ausmachte, ja doch irgendwann erfahren und verstehen.

»Nein.«

Auch als Mum am Abend heimkam, fragte sie noch immer nicht, was mich am vorherigen Tag so aus der Fassung gebracht hatte. Ich war ihr dafür sehr dankbar.

Ich wusste immer noch nicht, wie ich damit umgehen sollte, dass Rose, ein Mensch, die grüne Haarsträhne entdeckt hatte. Am liebsten hätte ich mit jemandem darüber gesprochen, mit meiner Familie, und sie um Rat gebeten. Aber vielleicht war es am besten, nicht weiter darüber nachzudenken. Vermutlich hatte es gar keine Konsequenzen. Rose würde den Vorfall bestimmt vergessen, wenn ich in Zukunft nur weit vorsichtiger sein würde als bisher. Meiner Familie könnte ich nicht von meinen Sorgen erzählen und berichten, was vorgefallen war, denn noch wussten sie nichts von Rob. Ich hatte ihnen bisher nichts von ihm erzählt, weil ich fürchtete, sie könnten etwas gegen unsere Beziehung haben, schließlich durfte es ja laut Linda nie wieder dazu kommen, dass Menschen von der Existenz der Sirenen erfahren. Aufgrund meiner Beziehung zu Rob bestand aber die Möglichkeit, dass genau das passieren würde.

Ich hielt es für das Beste, meiner Familie vorerst nichts zu erzählen. Rob würde mein Geheimnis bleiben. Gleichzeitig dürfte auch er vorerst nichts von meinem *zweiten* Leben erfahren.

Ich beschloss, meine Familie wieder zu besuchen und Mum erklärte sich wie immer bereit, mich zu fahren. Diesmal kam mich meine Familie nicht abholen. Sie wusste aber auch nicht, dass ich vorhatte zu kommen. Es war eine spontane Idee, denn ich hatte das dringende Bedürfnis sie zu sehen und ich spürte, dass ich das Meer brauchte.

Ich hatte mir den Weg bis zu ihrer Höhle eingeprägt. Ich würde sicher nicht so schnell wie sie dort ankommen, aber ich hatte meine Schwimmfähigkeiten inzwischen schon stark verbessert. Nach einer Weile war ich dort und begrüßte meine Familie.

»Hallo, Liebling. Mit dir hatten wir nicht gerechnet!«, rief Sajara freudig.

Ich sah, wie Linda und Casy mit anderen Sirenen sprachen und irgendetwas Merkwürdiges aßen.

»Wer ist das?«, fragte ich neugierig.

Seitdem ich eine Sirene war, hatte ich noch nicht viele andere Sirenen gesehen.

»Das sind Bekannte von uns. Ich werde sie dir vorstellen. Komm mit.«

Ich folgte ihr. Linda blickte zu mir und lächelte.

»Das ist Deï.«, sagte Sajara und zeigte auf eine männliche Sirene mit hellen, leuchtenden Haaren.

Er wirkte nett auf mich und lächelte mir freundlich zu.

»Das sind Fhina, Mantosuelta und Ula.«, fuhr Sajara fort. Die drei jungen Frauen sahen zu mir herüber. Fhina hatte schwarze Haare bis zum Kinn. Sie hatte rote Lippen und grüne Augen. Mantosuelta und Ula waren eindeutig Zwillinge. Beide hatten schulterlanges, blaues Haar und dazu passende eisblaue Augen. Ula zwinkerte mir zu.

»Und zuletzt Balduin und seine Frau Amelinda mit ihrer Tochter Selma.«

Selma, ein etwa 10-jähriges Mädchen, lächelte mir zu. Ihre Eltern musterten mich erst etwas ernst, sahen dann aber doch sehr nett aus.

»Du bist also Amarilla?«, fragte mich Fhina und nannte meinen Namen zaghaft.

Ich nickte.

»Sie?«, fragte Fhina meine Eltern.

»Ja.«

Ich verstand nicht, worum es ging. Fhina sah zu mir herüber.

»Ich konnte zuerst nicht glauben, dass sie wieder hier sein soll. Allein deswegen hat es sich gelohnt herzukommen. Jetzt glaube ich euch. Ihr seid sicher unglaublich glücklich! Wie lange wollt ihr noch warten?«, fragte sie und richtete sich auf.

»So lange wie möglich.«, antwortete Casy bestimmt und mit einem sorgenvollen Blick.

Ich verstand nicht, worüber sie sprachen.

»Ich muss mich von euch verabschieden.«, meinte Fhina und umarmte Sajara und Casy nacheinander.

Ich sah ihr nach. Die anderen sprachen miteinander und aßen weiterhin diese seltsame, mir unbekannte Masse.

»Möchtest du auch etwas davon?«, fragte mich Selma und hielt mir ihren Teller hin. »Das solltest du unbedingt probieren!«

»Nein, danke.«, entgegnete ich und rümpfte die Nase.

»Du bist … *seltsam*.«, meinte sie und sah mich eine Weile verwundert an. »Alle Sirenen lieben das.«

Und wie sie mich davon zu überzeugen versuchte, das Gericht doch noch zu probieren, nahmen sich alle versammelten Sirenen, meine Familie eingeschlossen, eine weitere Portion der eigenartigen Speise und aßen sie genüsslich.

Nach einiger Zeit verließen alle anwesenden Gäste die Wohnung meiner Familie. Ich verbrachte noch ein paar Stunden mit Linda und meinen Eltern. Als ich mich später von ihnen verabschiedete, baten sie mich, am darauffolgenden Tag wiederzukommen. Ich willigte ein und schwamm ganz alleine zurück, worauf ich bestand.

Diesmal war ich bereits ziemlich schnell wieder an Land. Ich brauchte nur wenige Minuten. Mum wartete bereits auf mich und lächelte mir zu als ich in den warmen Wagen stieg.

»Und, was habt ihr so gemacht?«, fragte sie mich auf dem Heimweg neugierig.

»Es waren Freunde von Linda, Casy und Sajara da.«

»Waren sie alle freundlich zu dir?«

»Ja, es war toll, andere Sirenen kennenzulernen. Du kannst dir nicht vorstellen, wie wunderschön sie alle sind. Es fällt mir schwer zu glauben, dass ich wirklich eine von ihnen sein soll, aber es ist so. Ich kann es fühlen.«

Ich konnte in der Dunkelheit Mums Gesicht nicht richtig erkennen, aber dass ich mich als eine von ihnen fühlte, schien sie traurig zu machen. Sie wusste, dass sie mich nicht in ihrer Welt halten konnte, nicht für immer und sie fürchtete nichts mehr, als auch noch mich an das von ihr so geliebte Meer zu verlieren.

Der Wecker klingelte mich am Morgen darauf wieder wie gewohnt aus dem Schlaf. Ich stieg aus dem Bett und machte mich fertig für die Schule. Der Tag verlief recht gewöhnlich bis auf meine Angst davor, Rob zu begegnen. Rose hatte mir deutlich zu verstehen gegeben, dass sie nicht wollte, dass ich mich in Robs Nähe aufhielt.

Ich hatte keine Angst vor Rose, nicht wirklich. Ich hatte bloß Angst davor, dass sie recht hatte. Ich selbst hatte schon oft genug darüber nachgedacht, was ich angesichts meiner merkwürdigen Situation in Hinblick auf Rob tun sollte. Vielleicht war es naiv von mir, aber ich ließ es einfach geschehen, weil ich spürte, dass Rob der Richtige war und ich vermied es daran zu denken, was in Zukunft einmal sein würde. Trotzdem fürchtete ich, dass mein Verhalten unvernünftig und unfair gegenüber Rob war.

Ich schob diese Gedanken, wie so oft, beiseite und war trotzdem unaufmerksam während des Unterrichts, was den Lehrern aber nicht aufzufallen schien.

Wie befürchtet traf ich nach der Schule auf Rob. Er begrüßte mich herzlich, nahm aber nicht, wie ich es mir gewünscht hätte, meine Hand, sondern ging einfach bloß neben mir.

»Siehst du? Ich respektiere, worum du mich gebeten hast, obwohl es völlig unnötig ist.«, sagte er halb im Scherz. Dann wurde seine Miene aber ernster.

»Meine Mutter hat nicht zu bestimmen, mit wem ich zusammen bin und mit wem nicht. Ich weiß nicht, was in letzter Zeit mit ihr los ist. Sie scheint besorgt um mich, was ich einfach nicht nachvollziehen kann.«, meinte er.

»Wir sind *zusammen*?«, fragte ich und konnte mir ein Grinsen nicht verkneifen.

Rob sah mich für einen Moment verlegen an und mich überkam sofort ein schlechtes Gewissen. Warum hatte ich nicht meinen Mund gehalten?

»Ich würde es mir wünschen. Natürlich nur, wenn auch du das möchtest.«

Ich sah ihn an und strahlte über beide Ohren.

»Ist das ein 'ja'?«, fragte er.

»Ja! Ich dachte, das sei offensichtlich.«

Rob nahm meine Hand und drückte sie ganz fest.

»Ich mache mir noch immer Sorgen wegen deiner Mutter.«

»Sie ist nicht hier. Und selbst wenn, sie soll sehen, wie glücklich ich bin und dass du das Beste bist, was mir je passiert ist.«, entgegnete Rob und versuchte mich zu beruhigen.

Ich sah ihm in die Augen und wir beide lächelten. Er ließ mich all meine Sorgen vergessen. Dann nahm er mich in den Arm und wir küssten uns.

Am Abend wollte ich wie versprochen zu meiner Familie. Ich war ungewohnt optimistisch an diesem Tag. Das lag vor allem an dem, was Rob zu mir gesagt hatte.

Mum glaubte, dass unsere Nachbarn sich schon darüber unterhielten, was sie mit mir nachts um diese Uhrzeit, wenn andere schliefen, wohl unternahm. Sie hatte mir erzählt, dass ein älteres Paar aus der Nachbarschaft immer die Köpfe zusammenstecke, wenn sie an ihnen vorbeifuhr, auf dem Weg zur Arbeit. Ihr war es nie wichtig gewesen, was andere über sie dachten. Sie lächelte weiterhin freundlich und winkte ihnen zu.

Ich stieg ins Auto ein und wir fuhren los. Bald darauf war ich wieder im Meer und wenig später bereits bei meiner Familie.

Meine Familie hatte vorgeschlagen eine Bibliothek zu besuchen und unterwegs noch Algen zu sammeln. Mittlerweile gelang es mir schon eher, die unterschiedlichen Pflanzen auseinanderzuhalten und ich wusste, welche genießbar waren und welche nicht. Meine Familie wollte mir nahebringen, wie sie als Sirenen lebten. Die Bibliothek, die wir besuchten, befand sich an einem stärker bewohnten Ort. So viele Sirenen auf einmal hatte ich noch nie gesehen. Ich war völlig fasziniert und versuchte, die vielen unterschiedlichen Eindrücke in mich aufzusaugen.

In der Bibliothek gab es keine Bücher, wie ich sie kannte. Alle Schriften waren nach Themenbereichen sortiert und wurden in zylinderförmigen Gefäßen aufbewahrt, die an Stricken befestigt von der Decke hingen.

Nachdem wir die Bibliothek lange und ausgiebig besucht hatten, was vor allem daran lag, dass ich mich nicht sattsehen konnte, und das obwohl ich keine der Texte verstand, sammelten wir Algen und Seegräser und wollten anschließend zurück zur Wohnung meiner Familie.

Wir waren gerade dabei, die kleine 'Stadt' zu verlassen, als ich eine Gruppe von Sirenen bemerkte. Sie waren nicht wie die anderen Sirenen, denen ich bis jetzt begegnet war. Sie bewegten sich völlig synchron, so wie ein Fischschwarm. Keine Sirene tanzte aus der Reihe. Ihre Bewegungen waren alle perfekt aufeinander abgestimmt. Aber das allein war es nicht, was mich dazu verleitete, sie länger anzusehen. Ich hatte bemerkt, dass ihre Augen auf mich gerichtet waren. Sie sahen mich alle mit ein und demselben Ausdruck an. Sie musterten mich mit solch boshaften Augen, dass ich mich fürchtete.

»Sajara!«, flüsterte ich.

»Was ist, mein Schatz?«, fragte sie mich.

»Dort drüben!«

Sajara folgte meinem Blick, der auf die Gruppe von Sirenen gerichtet war. Es waren etwa zehn. Auch Sajara bemerkte sofort, wie sie mich anstarrten und fing an in der mir unbekannten Sprache mit ihnen zu sprechen. Dann sagte Sajara etwas zu Casy und Linda. Casy und Sajara griffen nach meiner Hand und eilten mit mir davon. Allerdings nicht nach Hause, wie ich merkte, denn inzwischen hatte ich einen sehr guten Orientierungssinn, der ja im großen weiten Meer auch dringend nötig war.

Endlich wurden sie langsamer. Wir waren an einem großen Felsspalt angelangt.

»Was ist los?«, schrie ich beinahe.

Meine Eltern schienen mich zu ignorieren und zogen mich hinter sich her. Linda war uns gefolgt und schwamm neben uns in den Spalt hinein. Ich blieb still. Wir schwammen immer weiter. Irgendwann hielten wir an.

»Sofie, Leslie, Caroline, Isabella?«, rief Linda zaghaft.

Plötzlich kamen vier Gestalten in den Raum und auf mich zu. Vier wunderschöne Sirenen.

»Ist sie das?«, fragte eine der Sirenen zaghaft.

»Ja.«, antwortete Sajara und schwamm auf die vier Sirenen zu. »Es gab einen Vorfall mit anderen Sirenen, der uns dazu verleitet hat, hierher zu kommen, denn hier ist sie in Sicherheit. Andernfalls hätten wir uns mehr Zeit gelassen, aber es bleibt uns nun nichts anderes übrig, als sie aufzuklären.«

Casy nahm meine Hände und sah mich an.

»Amarilla, du bist nicht bloß eine Sirene. Du bist die Auserwählte. Deine Aufgabe ist es, das *Zeichen des Wassers* zu behüten. Du hast die Macht, unser Volk vor großem Unglück zu bewahren oder es zu zerstören. Wenn das *Zeichen des Wassers* zerstört wird, dann, so heißt es, wird große Zerstörung folgen. Das *Zeichen des Wassers* gibt es schon weitaus länger als es Sirenen gibt und es hat unser Volk immer begleitet. Niemand weiß, was das *Zeichen des Wassers* so unglaublich einflussreich macht, aber es übt Macht über uns alle aus und wir können uns dem nicht widersetzen. Deshalb ist es so wichtig, dass es niemand außer der auserwählten Sirene bewahrt. Du musst es bei dir tragen, so lange du lebst. Phil, als er dich

143

damals entführte, wusste er nicht, was er uns genommen hatte. In den falschen Händen kann das *Zeichen des Wassers* gefährlich sein. Wir haben damals das *Zeichen des Wassers* versteckt. Als kleines Kind hättest du sowieso wenig damit anfangen können, aber im Alter von fünf Jahren sollte es dir übertragen werden. So viele Jahre ist das *Zeichen des Wassers* jetzt schon ohne Wächterin. Wir wussten nicht, was wir tun sollten. Wenn ein Wächter frühzeitig stirbt, wird es einer neuen auserwählten Sirene übertragen, aber du hast die ganze Zeit über gelebt, wenn auch nicht im Meer. Das hat das Schlimmste scheinbar verhindert. Aber nun wird es Zeit, dass du es an dich nimmst.«, meinte er.

Seine Worte hallten in meinem Kopf nach. Ich war völlig überfordert.

»Aber... Ich? Ich kenne mich noch nicht mal richtig in eurer Welt aus. So viel Verantwortung... Ich weiß nicht, ob ich das kann...«, stammelte ich.

»Es tut mir so leid. Aber du musst es jetzt an dich nehmen. Andernfalls fällt es vielleicht jemandem in die Hände, der nicht auserwählt wurde. Das kann schlimme Folgen haben.«, sprach Casy mit brüchiger Stimme. Es tat ihm leid, obwohl er ja rein gar nichts dafür konnte.

»Du bist aber nicht ganz auf dich allein gestellt.«, meinte er und versuchte zu lächeln.

Er sah zu den vier Sirenen herüber, die unser Gespräch ganz ruhig mitgehört hatten.

»Das sind von nun an deine Begleiterinnen. Sie sind ebenfalls auserwählt worden. Sie wurden dazu berufen, dir beizustehen, dich zu beschützen, zu beraten, zu verteidigen und dir bei jeglichen Problemen zu helfen.«

»Das ist Sofie, die Beschützerin. Sie wird Sirenen, die dir etwas Böses wollen, als erstes erkennen und versuchen, dich zu schützen.«, erklärte Sajara und zeigte auf die erste Sirene in der Reihe.

Alle Sirenen, denen ich bisher begegnet war, waren wunderschön gewesen, aber Sofie war unter allen noch einmal eine der Schönsten. Sie hatte grün-gelbe Augen, die so sehr strahlten, wie ich es noch nie gesehen hatte. Ihre Haare waren schulterlang und hellbraun. Sie wirkte in ihrer ganzen Erscheinung wie eine Raubkatze auf mich: schnell, stark und sehr aufmerksam. Sofie lächelte mir zu und kam zu mir herüber. Sajara zeigte unterdessen bereits auf die nächste Sirene.

»Das ist Leslie, die Kriegerin. Sie wird dich, wann immer es nötig ist, verteidigen. Hoffentlich nicht oft. Ich hasse es, wenn sie eine Waffe in die Hand nimmt.«

Leslie hatte ihre langen, dunkelbraunen Haare zu einem strammen Pferdeschwanz zurückgebunden und ihre dunkelbraunen Augen musterten mich. Um ihre Hüfte trug sie einen Gürtel, an dem ein Dolch hing. Sie war zwar zierlich gebaut, aber ich konnte in ihren Augen sehen, dass sie unglaublich stark und zielgenau war.

»Sie nimmt kein Blatt vor den Mund!«, kicherte Linda. Auch diese Eigenschaft passte hervorragend zu ihr. Leslie gesellte sich zu Sofie und mir.

»Das ist Caroline, die Beraterin. Sie ist unglaublich schlau und sehr belesen. Sie wird versuchen, dir weiterzuhelfen, wann immer du Fragen hast oder einen Rat brauchst.«

Caroline lächelte mir zu. Sie wirkte sehr schüchtern und zurückhaltend. Sie hatte die Arme hinter ihrem Rücken verschränkt. Sie hatte dunkelblonde Haare, einige davon zu kleinen Flechtzöpfe gebunden, die kurz über der Brust endeten.

»Wenn sie spricht, musst du gut zuhören, sie spricht unfassbar leise!«, meinte Linda und warf Caroline einen neckenden Blick zu.

»Und zu guter Letzt: Isabella, die Helferin. Sie wird dir bei Problemen helfen, die dich belasten, auf psychischer Ebene.«

Auch Isabella gehörte zu den schönsten Sirenen, die mir bis jetzt begegnet waren. Sie hatte helle, fast weiße Haare und zwei Strähnen am Hinterkopf zusammengebunden. Sie lächelte mir freundlich zu. Isabella und Caroline kamen nun ebenfalls zu uns herüber und umarmten mich.

»Wir lassen dich niemals im Stich!«, versprach Sofie.

Ich konnte nicht glauben, was mir gerade mitgeteilt worden war. In so kurzer Zeit hatte ich bereits so viel erfahren, was mein Leben verändert hatte, und jetzt auch noch das? Ich war doch nur ein ganz normales sechzehnjähriges Mädchen gewesen. Hatte es nicht schon gereicht, dass ich eine Sirene war, die gekidnappt worden war und als Mensch aufwuchs, nur dank Medikamenten, die eigens für mein *Problem* entwickelt worden waren?

»Aber das ist noch nicht alles...«, sagte Casy und seine Stimmung verdunkelte sich.

Was würde jetzt noch folgen?

»Diese Sirenen, die dich so böse angesehen haben, sie sind dir feindlich gesinnt. Sie wollen dich nicht als Wächterin des *Zeichens des Wassers* akzeptieren und stattdessen verhindern, dass du als Auserwählte das *Zeichen des Wassers* bei dir trägst.«

»Wieso?«, wollte ich wissen, schließlich kannten diese Sirenen mich ja gar nicht.

»Sie glauben, dass du zu menschlich bist. Du kannst sicher verstehen, dass sie wie alle Sirenen seit deiner damaligen Entführung nicht gut auf Menschen zu sprechen sind. Sie glauben, dass du zu sehr zwischen zwei Welten hin- und hergerissen sein wirst und halten es daher für unklug, dich Wächterin sein zu lassen. Sie glauben, du könntest es nicht nachvollziehen, was es bedeutet, das *Zeichen des Wassers* zu beschützen. Du seist mental nicht stark genug und könntest leicht beeinflusst werden.«

»Und? Glaubt ihr das auch?«, fragte ich meine Familie und meine vier Begleiterinnen.

»Natürlich nicht. Es stimmt zwar, dass du mit unserer Welt noch nicht so vertraut bist, aber das kommt noch. Du wirst noch viel lernen und du bist nicht alleine. Wir werden dir immer helfen.«, entgegnete Isabella und lächelte mir aufmunternd zu.

»Und was, wenn ich es glaube? Vielleicht liegen sie ja richtig. Sollen sie ruhig jemanden finden, der diese Aufgabe besser bewältigen kann als ich. Mir ist es recht.«, meinte ich.

»Aber ich habe dir doch bereits gesagt, dass das *Zeichen des Wassers* in den falschen Händen schreckliche Konsequenzen haben kann. Aus diesem Grund glauben wir, dass etwas Fürchterliches passieren wird, wenn nicht derjenige Wächter ist, der auserkoren wurde.«, sagte Casy und alle Sirenen um mich herum nickten.

»Was tun wir denn jetzt?«, fragte ich leise und Verzweiflung schwang in meiner Stimme mit.

»Vorerst nichts. Wir müssen abwarten, was diese Sirenen vorhaben. Besser, du bleibst hier in diesem Versteck. Hier bist du in Sicherheit, denn deine Begleiterinnen werden dich nicht aus den Augen lassen.«, antwortete Linda.

»Bin ich nicht an Land viel eher in Sicherheit?«

»Nein. Jede Sirene weiß, dass du von Menschen entführt worden bist. Und jetzt, wo sich herumgesprochen hat, dass du zurück bist, wissen sie auch alle, dass du weiterhin als Mensch lebst. Unter der Gruppe dieser Sirenen befinden sich auch Gestaltenwandler, was sie stark macht und gerade für dich sehr gefährlich...«

»Sajara hat recht.«, meinte Casy. »Du solltest auf jeden Fall bei uns bleiben. Wir können dich beschützen. Außerdem musst du jetzt unbedingt das *Zeichen des Wassers* an dich nehmen und beschützen. Das geht aber nun mal nicht an Land.«

»Weshalb nicht?«

»Jane, wir haben dir lange noch nicht alles erzählt. Du wusstest früher nicht einmal, dass es außer den Menschen auch noch Sirenen gibt. Aber es gibt noch andere Wesen, es gibt auch die Musen. Es sind Frauen. Wir wissen nicht genau, wie viele es sind, aber neun von ihnen sind von höherem Rang und wenn diese neun zusammen agieren, kann es sehr gefährlich werden. Wir sind sehr stark verfeindet, auch wenn wir es nicht unbedingt wollen. Es ist so vorgesehen. Sirenen und Musen könnten im Grunde gegensätzlicher nicht sein. Während sie den Menschen nur Gutes bescheren, töten wir sie. Viele Musen lieben sogar Menschen, leben mit ihnen zusammen und sorgen dafür, dass es ihnen gut geht. Sie können auf Menschen die unterschiedlichsten Gefühle übertragen und sie sogar heilen. Wie könnte man nicht verstehen, wo sie eine solch positive Bindung zu den Menschen haben, dass sie uns hassen? Auch wenn sie wissen, dass wir die Menschen nicht töten wollen, sind wir ihnen natürlich ein mächtiger Dorn im Auge. Sie wären glücklich, wenn es uns nicht gäbe. Deshalb würden sie die Chance augenblicklich nutzen und das *Zeichen des Wassers* an sich nehmen und uns Schreckliches zufügen und uns womöglich sogar zerstören.«, antwortete Casy.

Ich schluckte.

»Wie sehen Musen aus?«, wollte ich wissen, denn ich fragte mich, ob ich vielleicht schon einmal einem solchen Wesen begegnet war, ohne es zu wissen.

»Sie sind den Menschen sehr ähnlich, aber sie sind doch zu gut aussehend, um menschlich zu sein. Sie können wie wir sehr lange leben und ihr Alterungsprozess verläuft sehr langsam. Sie sehen zwar im hohen Alter nicht so blutjung aus wie wir, aber auch sie werden nicht so schrecklich faltig und grau wie die Menschen.«, beschrieb Linda mir die Musen und strich sich über ihre Haare. Ihr schien es irgendwie zu gefallen, bis zu ihrem Tod perfekt auszusehen, ich konnte diese Besessenheit mit Äußerlichkeiten nicht ganz nachvollziehen.

»Aber ich muss zurück an Land. Abbie würde sich große Sorgen machen.«, entgegnete ich aufgebracht und dachte dabei auch an Rob. »Sobald wie möglich werde ich wieder zu euch kommen, aber ich muss vorher ein paar Dinge regeln. Ich kann nicht von heute auf morgen verschwinden, ohne zumindest meiner Mum Bescheid zu geben. Ich hoffe, sie kann mich bis zu den Ferien irgendwie von der Schule befreien.«

»Hoffentlich.«, erwiderte Sajara und sah mich mit einem sorgenvollen Blick an.

»Ja, du hast recht. Wir werden dich begleiten und du wirst an Land gehen können.«, meinte Linda.

»Und was ist mit dem *Zeichen des Wassers*?«, fragte ich.

»Wir müssen damit warten, bis du zurückkommst.«, antwortete Casy. »Nur hier ist das *Zeichen des Wassers* wirklich sicher.«

In meinen Händen

Mir war mulmig zumute, als ich mich auf dem Rücksitz
unseres Wagens umzog. Ich wusste nicht, wie ich es
Mum sagen sollte. Würde es sie verwundern? Wohl eher
nicht. Ich hielt es für eine gute Idee, ihr vorerst nichts
über das *Zeichen des Wassers* zu sagen. Aber was sollte
ich Rob sagen? Wie würde ich ihm erklären können, dass
ich bis zu den Sommerferien und vielleicht darüber hinaus unauffindbar sein würde? Ich konnte ihm nicht einfach erzählen, dass ich krank sei, er würde mich besuchen
und mir nicht von der Seite weichen.

Was sollte ich bloß tun? Es wurde immer unangenehmer
für mich, so viele Dinge vor ihm geheim zu halten. Aber
ich wusste auch, dass ich es ihm nicht beichten könnte.
Noch nicht.

»Mum, du musst mich bis zu den Ferien von der Schule
befreien.«, sagte ich.
Mum fuhr rechts ran.
»Was? Wieso?«, fragte sie aufgebracht.
»Ich muss bei ihnen bleiben, vorerst.«, meinte ich.
»Ist etwas passiert?«, fragte mich Mum besorgt.
»Nein.«, log ich. »Aber es ist sicherer für mich, wenn
ich bei ihnen bin.«
»Jane, wieso sicherer? Was ist denn bloß vorgefallen?
Wieso musst du so plötzlich bei ihnen bleiben?«
»Ich kann es dir nicht erklären. Nicht jetzt. Vertrau mir
bitte einfach.«

»Du hast recht. Ich weiß, dass ich das tun sollte.«, sagte Mum und versuchte zu lächeln.

Ich legte meine Hände auf meinen mal wieder schmerzenden Bauch.

»Hast du Bauchschmerzen?«, fragte Mum mitleidig.

»Ja.«, antwortete ich und versuchte die Schmerzen auszublenden.

»Das ist es!«, rief Mum.

»Was?«, fragte ich und war ganz gespannt, was ihr so plötzlich eingefallen war.

»Du musst angeblich wegen deiner Bauchschmerzen wieder irgendwelche Untersuchungen über dich ergehen lassen. Ich werde dafür mit einigen der ehemaligen Mitarbeiter von Dr. Genolious' Institut sprechen. Sie sollen bestätigen, dass du bei ihnen untersucht wirst. In Ordnung?«, fragte Mum.

Ich nickte und hätte sie beinahe umarmt. Ich hoffte, dass diese Ausrede auch bei Rob funktionieren würde. Ich schwor mir, ihm alles zu erklären, sobald ich das nächste Mal wieder an Land könnte.

Zu Hause angekommen lief ich die Treppe hinauf in mein Zimmer und legte mich schlafen. Am nächsten Morgen schrieb ich Rob eine Nachricht, in der ich ihn darum bat, mich nach der Schule zu besuchen. Er schrieb augenblicklich zurück und erkundigte sich, ob alles in Ordnung sei, aber ich erklärte ihm bloß, dass ich nicht zur Schule gehen könne.

Nachmittags klingelte es und ich öffnete die Haustür.

»Du hast gesagt, du müsstest mir etwas Wichtiges sagen...«, meinte er und folgte mir die Treppe hinauf in mein Zimmer.

»Ja. Ich werde auch morgen nicht zur Schule gehen

können und auch darüber hinaus bis zu den Sommerferien nicht.«, erklärte ich und packte wild irgendwelche Sachen in eine große Tasche, um es glaubwürdiger erscheinen zu lassen.

»Und weshalb?«, fragte Rob verwundert und sorgenvoll.

Mir fiel es schwer, ihm in die Augen zu sehen. Was tat ich nur? Ich hatte mich schon auf die Sommerferien gefreut. Ich hätte so viel Zeit mit ihm verbringen können.

»Ich hab dir doch irgendwann mal von meinen immer wiederkehrenden Bauchschmerzen erzählt. Ich leide an einer seltenen Krankheit. Bisher konnte man nur ganz wenig für mich tun, aber jetzt wollen sie mich noch einmal völlig auf den Kopf stellen, um mir vielleicht noch besser helfen zu können.«, meinte ich. »Ich weiß aber nicht wie lange es dauern wird. Ich werde schon morgen wegfahren und eventuell für einen Teil der Sommerferien dort bleiben. Aber vielleicht bist du dann schon in Urlaub...«

»Kann ich dich besuchen kommen?«, fragte Rob.

»Nein.«, antwortete ich. »Es ist kein Krankenhaus. Es ist eher ein Labor... Sie lassen dort niemanden außer meiner Mum rein.«

Rob sah plötzlich sehr traurig aus.

»Es ist wirklich sehr kurzfristig, ich weiß und ich bedauere es, dass uns dadurch Zeit verloren geht, Rob.«, sagte ich leise.

»Du kannst ja nichts dafür!«, meinte er. »Deine Gesundheit geht vor. Ich bin bloß traurig, dass ich dich nicht besuchen kann. Gibt es wirklich keine Ausnahmen? Ich will für dich da sein, Jane, gerade dann, wenn es dir nicht gut geht.«

Ich schüttelte den Kopf, weil es das Einzige war, was ich zustande brachte. Er nahm mich in den Arm und küsste mich sanft. Ich spürte, wie mir Tränen übers Gesicht liefen.

»Es tut mir leid.«, flüsterte Rob.

»Was?«, fragte ich und wischte mir die Tränen mit meiner Handfläche ab.

»Es war unfair von mir, dir meine Enttäuschung so offensichtlich zu zeigen. Ich wolle dich nicht zum Weinen bringen und hätte mich zusammenreißen sollen.«

»Das muss dir doch nicht leid tun. Ich bin ehrlich gesagt auch ein bisschen froh darüber, dass es dir nicht so gut gefällt, dass ich so lange weg bin.«, meinte ich und sah wie sich ein Grinsen auf sein Gesicht legte.

»Wenigstens hast du etwas von deinen Ferien.«, meinte ich, als ich mich von Rob verabschiedete.
Er hatte mir erzählt, dass er mit seiner Familie drei ganze Wochen in der Karibik verbringen würde. Ich beneidete ihn dafür ein kleines Bisschen.

Wir küssten uns noch einmal zum Abschied und hielten einander ganz fest. Dann ging Rob. Als sich die Tür hinter ihm schloss, brach ich in Tränen aus. Mein Herz raste wie wild in meiner Brust. Ich konnte einfach nicht mehr. Ich hatte mich mit meinem neuen Leben abgefunden, das war es nicht, aber Rob anzulügen, kostete mich unglaublich viel Kraft. Es brach mir das Herz.

In der Nacht ließ ich mich von Mum zum Hafen fahren. Sie wünschte mir viel Glück und bat mich, auf mich Acht zu geben. Ich stieg ins Wasser und war schon wenig später bei meiner Familie. Sie brachten mich zu dem Ort, wo ich meinen Begleiterinnen zum ersten Mal begegnet war und wo Caroline, Leslie, Isabella und Sofie bereits auf mich warteten.

»Da bist du ja!«, rief Sofie und kam auf mich zu.

»Ja, da bin ich wieder.«, entgegnete ich.

»Okay, von nun an bleibst du hier. Diese Sirenen könnten dir gefährlich werden. Ich glaube aber, dass dir mit den vieren nicht langweilig werden wird.«, sagte Casy.

»Es ist nicht genügend Platz für uns alle hier, deshalb werden wir nach Hause schwimmen und gleichzeitig beobachten, ob die anderen Sirenen irgendetwas planen. Morgen kommen wir wieder.«, sagte Sajara und küsste mich liebevoll auf den Kopf. »Bis morgen.«

Linda, Casy und Sajara schwammen davon. Meine vier neuen Begleiterinnen sahen mich eindringlich an.

»Hättest du nicht Lust, diese komische Menschenkleidung abzulegen?«, fragte Isabella.

Ich sah an mir herunter. Ich hatte, wie so oft seitdem ich Sirene war, im Wasser eines meiner Kleider an.

»Na gut.«, meinte ich.

Weiblichen Sirenen, die ich bis jetzt gesehen hatte, trugen alle schöne Gewänder und Oberteile aus Muscheln und anderen Bestandteilen.

»Heute wirst du eine richtige Sirene!«, rief Isabella mir zu. Leslie verdrehte die Augen.

»Du musst das nicht tun, wenn du nicht möchtest...«, versicherte mir Caroline.

Ich besah mir die Kleidung meiner Begleiterinnen. Caroline trug ein Oberteil, das, wie es aussah, aus irgendwelchen Meerespflanzen gestrickt war. Leslie trug ein Oberteil aus weißen, großen Perlen und bunten Steinen. Isabella und Sofie hatten Oberteile mit solch glänzenden Muscheln an, wie ich sie noch nie gesehen hatte. Das Perlmutt der Muscheln schimmerte unglaublich schön.

Wenig später kam auch Isabella zurück. In ihren Händen hielt sie ein Kleidungsstück aus lauter kleinen Perlen. Es war umwerfend. Sofie hielt in ihrer Hand eine Haarspange, an der eine grüne, große Blüte befestigt war, die ich noch nie zuvor gesehen hatte.

»Das ist mein liebstes Kleidungsstück!«, verkündete Isabella stolz und überreichte es mir. »Na los, zieh es an.« Sofie und Isabella baten mich, ihnen in den Nebenraum zu folgen, wo sie mir halfen, mich umzuziehen. Anschließend machten sie mir noch die Haar zurecht.

Als ich mich dann im Spiegel sah, den Sofie vor einiger Zeit einmal aus einem Schiffswrack geborgen hatte, wusste ich nicht, was ich denken sollte. Wen sah ich vor mir? Es war nichts mehr von der Jane da, die ich einmal gewesen war. Sie war versteckt hinter der neuen Kleidung und der Frisur, die perfekt mit dem gesamten Outfit harmonierte. Jane war fort. Für diesen Moment. Die Person im Spiegel war Amarilla, die ich mein ganzes Leben lang hätte sein sollen. Jane war der menschliche Teil von mir. Und mit der menschlichen Kleidung, die ich bisher im Wasser getragen hatte, war sie immer allgegenwärtig gewesen. Ansonsten war ich Jane nur noch für Rob. Ich wusste, dass nur noch er der Grund war, warum ich nicht für immer hier blieb, bei meiner Familie. Aber ich wollte Jane nicht aufgeben und hatte es doch schon beinahe getan. Jetzt hatte ich für diesen einen Augenblick zugelassen, dass sie ganz verschwunden war.

Ich fing an zu schluchzen. Tief im Inneren war ich nicht Amarilla. Amarilla war das Leben, das ich nie gelebt hatte. Ich war Jane. Ich hatte als Jane alle Höhen und Tiefen meines bisherigen Lebens durchlebt und ich wollte dieses Leben nicht verlieren. Ich wusste, dass ich immer Jane sein würde, irgendwie. Als Jane war ich Rob das erste Mal begegnet. Als Jane hatte ich ihn zum ersten Mal geküsst. Alles, was ich mit Rob erlebt hatte, hatte ich als Jane erlebt und deswegen würde ich für immer zwei Leben besitzen.

Isabella und Sofie sahen mich ergriffen an. Offensichtlich missdeuteten sie meinen Gefühlsausbruch.

»Es gefällt ihr!«, rief Sofie.

Ich nickte. Natürlich sah ich umwerfend aus, aber nicht deswegen war ich so aufgebracht. Mir wären Tränen die Wangen hinuntergelaufen, wenn ich sie hätte weinen können.

»Wirklich?«, fragte Isabella und sah mich etwas verunsichert an.

Ich wollte ihnen keine Sorgen bereiten.

»Ich sehe wirklich toll aus.«, meinte ich und schluckte meine Traurigkeit hinunter.

Dann schwammen wir zurück in den Raum, in dem Caroline und Leslie auf uns warteten.

»Ich mag solches Geglitzer ja nicht besonders.«, kritisierte sie meinen neuen Look. »Das sieht etwas aufgetakelt aus.«

Sofie warf ihr einen vernichtenden Blick zu. Caroline sagte nichts, zumindest hörte ich nichts. Dann setzten wir uns und redeten die ganze Nacht hindurch.

Am darauffolgenden Morgen aßen wir fünf gerade, als Linda uns besuchte. Ich umarmte sie, merkte aber, dass irgendetwas nicht stimmte.

»Was ist?«, fragte ich sie ängstlich.

»Ich habe schlechte Neuigkeiten.«, meinte Linda und nahm meine Hand.

156

»Was ist passiert?«, wollte ich angespannt wissen.

»Als wir heute Morgen sammeln waren, ganz in der Frühe, da trafen wir auf Anhänger der Gruppe, die dich als Wächterin des *Zeichens des Wassers* nicht akzeptieren will. Sie sagten, sie seien zu allem bereit, und wenn wir nicht bald dafür sorgen würden, dass jemand Geeigneteres gefunden wird, dann würden sie alles daran setzen, das *Zeichen des Wassers* mit Gewalt an sich zu nehmen.«

Ich schluckte. Leslie ballte die Fäuste. Linda sah mich an. Sie machte sich Sorgen. Ich wusste, dass sich alle sorgten.

»Hört mir zu. Ich möchte nicht, dass auch nur eine von euch meinetwegen in Gefahr gerät. Ich könnte das niemals ertragen. Lieber gebe ich die Verantwortung an jemand anderes ab, als dass ich zusehen muss, wie ihr meinetwegen in den Kampf zieht. Versteht mich bitte! Ihr verlangt von mir, dass ich mich selbst über euch stelle, indem ich geschützt werde, noch vor euch, noch vor allen anderen. Ich bin nicht wertvoller, als ihr es seid. Ihr wollt mich verteidigen, als sei ich das *Zeichen des Wassers* selbst, euer größter Schatz. Aber ich könnte es nicht ertragen, wenn euch etwas zustoßen sollte. Ihr dürft euch meinetwegen nicht in Gefahr begeben!«

Die fünf Sirenen sahen mich an. Und ich konnte nicht glauben, was ich in ihren Augen sah. Sie waren bereit, mich auf Leben und Tod zu verteidigen. Ich konnte in den Blicken meiner Begleiterinnen erkennen, dass sie davon überzeugt waren, wenn sie nicht alles für mich geben würden, ihren Sinn verfehlt zu haben. Mich überkamen Trauer und Wut zugleich. Was für ein Leben führten sie? Sie waren scheinbar abhängig von mir und dem *Zeichen des Wassers*.

»Hey, glaubst du ernsthaft, wir sind so schwach? Nicht umsonst trainiere ich jeden Tag. Es ist meine Bestimmung und ich weiß, dass ich das tun muss. Nicht nur, weil du die Wächterin bist. Wir fünf gehören zusammen, wir ergeben ein Pentagramm. Uns verbindet etwas ganz Mächtiges, was wir als eine Art unglaublich innige Freundschaft zueinander wahrnehmen. Du bist unsere Freundin, unsere Schwester, wir werden dich immer verteidigen. So lange wir leben.«, meinte Leslie.
Die anderen Drei nickten und lächelten mir zu. Linda umarmte mich und küsste mich auf die Stirn.
»Ich muss wieder los, wenn es etwas Neues gibt, sage ich euch Bescheid.«

Später wollte ich etwas Zeit für mich. Ich dachte an Rob. Ich vermisste ihn so sehr und trotz der Distanz zwischen uns wuchsen meine Gefühle für ihn mit jedem Tag. Ich stellte mir vor, was ich ihm sagen würde, wenn ich ihn endlich wiedersehen würde. Ich würde ihm die Wahrheit sagen müssen, dessen war ich mir bewusst.
War es für zwei Liebende nicht egal, wie groß die nicht bloß räumliche Entfernung zwischen ihnen war? Rob und ich waren zwei unterschiedliche Wesen aus unterschiedlichen Welten. Ich glaubte, dass unsere Liebe stärker sein musste als das, was zwischen uns lag.
Was er wohl gerade tat, fragte ich mich. Würde Rose meine Abwesenheit erfreuen? Ich machte mir Sorgen, aber ich wusste, wie Rob zu dieser Sache stand.

Den restlichen Tag über beschäftigte ich mich mit Sofie und den anderen, bis meine Eltern und Linda uns besuchten.

Sajara schloss mich in die Arme und küsste mich auf die Wange.

»Gibt's was Neues?«, wollte Leslie wissen.

»Nein, deshalb sind wir nicht hier. Wir wollten Jane nun mit dem *Zeichen des Wassers* zusammenführen.«, antwortete Casy und bat uns, ihm zu folgen.

Wir folgten ihm in einen der Räume der Höhle. Isabella hatte angedeutet, dass sie auch für mich ein Zimmer einrichten würden, da jeder von ihnen ein eigenes hatte. Ich hatte in der vorherigen Nacht in einer von den Sirenen angebrachten Hängematte geschlafen. Sie hatte sehr alt ausgesehen und ich war mir nicht sicher gewesen, ob sie nicht einreißen würde. Aber sie hatte mich ausgehalten.

Wir bogen in einen Raum ab, der augenblicklich eine eigenartige Wirkung auf mich ausübte. Ich spürte, wie mich etwas anzog. Es musste das *Zeichen des Wassers* sein, daran hatte ich keinen Zweifel. Und von diesem Moment an wusste ich, dass ich wirklich die Auserwählte war. Niemand außer mir könnte es besser behüten. Ich hatte das Gefühl, es in meinen Händen halten und es niemals wieder loszulassen zu wollen. Alles andere war mir in diesem Augenblick egal. Es zählte nur meine Bestimmung.

Meine Finger verkrampften sich. Ich musste es berühren. Jetzt. Ich wollte es beschützen. Wie eine Mutter, die ihr Kind vor allem Bösen bewahren will und es als Instinkt verspürt. Ich konnte nicht mehr klar denken. Es war so, als wäre es das gewesen, wonach ich mein ganzes Leben lang gesucht hatte.

Wir hatten den Raum durchquert und bewegten uns nicht weiter vor. Hinter einer Glaswand schwebte *es* im Wasser. Ich sah, wie an einer langen Kette ein runder, flacher Stein hing, von einer Schönheit, die ich noch nie bei irgendeinem anderen Stein gesehen hatte. Er glitzerte und glänzte in allen erdenklichen Farben. Wie schön er erst strahlen würde, wenn die Sonnenstrahlen auf ihn treffen würden. Das Wasser würde in den schönsten Farben erleuchten.

Vielleicht ging es nur mir so. Ich stand völlig neben mir und doch waren meine Gedanken ganz klar. Ich würde verrückt werden, wenn ich das *Zeichen des Wassers* nicht so schnell wie möglich in meinen Händen halten würde. Jetzt erkannte ich, dass in den Stein zwei Wellen eingraviert waren. Ich berührte die gläserne Wand, die mich noch von dem *Zeichen des Wassers* trennte mit meiner linken Hand. Ich spürte, wie ich es anzog und wie es mich anzog, wir waren wie die zwei gegensätzlichen Pole zweier Magnete. Nach all der Zeit, nach all dem Schmerz trennte uns jetzt nur noch diese Wand.

»Gebt es mir!«, flüsterte ich und atmete schwer.
Sajara sagte irgendetwas in ihrer Sprache zu den anderen und sah zu mir herüber.

»Gebt es mir!«, befahl ich erneut ganz leise.
Niemand rührte sich. Mein Verlangen wurde immer größer und plötzlich durchbrach jene Wand, die mich und das *Zeichen des Wassers* voneinander trennte. Es schwebte zu mir herüber, wie durch ein Wunder, und legte sich in meine Hände. Ich betrachtete das *Zeichen des Wassers* und ein Gefühl vollkommenen Glückes überkam mich. Es fühlte sich an, als wäre es nie anders gewesen, als müsste es so sein, als wäre mein Leben vorher unvollständig gewesen.

»Wir wissen, wie du dich jetzt fühlst. Es wird nachlassen, es wird aufhören, dich so zu vereinnahmen. Es ist, weil ihr so lange getrennt wart.«, erklärte Linda.

Ich spürte, wie langsam die Benommenheit von mir wich und ich konnte schon wieder annähernd selbstbestimmt denken.

Nach zwei Stunden kam mir die erste Begegnung mit dem *Zeichen des Wassers* wie ein Traum vor. Ich trug das *Zeichen des Wassers* um den Hals, aber es fühlte sich nicht anders an als eine gewöhnliche Kette. Ich war wieder ich selbst.

Es bereitete mir Unbehagen, dass ich völlig den Verstand verloren hatte. Alles um mich herum hatte ich vergessen. Ich hatte Rob vergessen. Hätte dieses eigenartige Gefühl nicht nachgelassen, dann wäre ich vermutlich nie wieder an Land zurückgekehrt.

»Du warst echt gruselig. Wie du so leise geflüstert hast 'Gebt es mir!'. Ich habe für einen Moment echt gedacht, du würdest uns niedermetzeln, wenn wir es dir nicht geben. Aber deine Mutter hat uns dann beruhigt und gesagt, dass es normal sei, weil du das erste Mal auf das *Zeichen des Wassers* trafst...«, meinte Leslie.

»Tut mir leid. Ich wollte dir keine Angst machen.«, entgegnete ich etwas verlegen.

»Ach was. Ich fürchte mich eigentlich vor nichts. Aber ich kann dir sagen, wenn ich manchmal nicht bekomme, was ich will, dann bin ich genauso drauf wie du eben. Wenn nicht noch schlimmer.«

Jetzt hoffte ich nur noch, auch die anderen Sirenen davon überzeugen zu können, dass ich genau die Richtige war. Ich war mir bewusst darüber, dass ich das *Zeichen des Wassers* niemand anderem anvertrauen würde. Und trotzdem war es mir vor allem wichtig, dass ich selbst und nicht das *Zeichen des Wassers* mein Leben von nun an bestimmen würde. Und ich war mir sicher, dass das möglich war. Ich hatte genügend Unterstützung.

Gefahr

Einen Tag später träumte ich ganz schlecht. Ich fühlte, dass der Tag gekommen war. Im Traum umklammerte ich das *Zeichen des Wassers* so fest, wie ich nur konnte. Meine Hand tat mir bereits weh, aber ich hörte nicht auf.

Ich wachte früher auf als alle anderen. Ich fühlte mich unwohl. Ich hatte die ganze Nacht keine Ruhe gefunden und war mir nicht sicher, ob ich stark genug sein würde, das alles, was jetzt unmittelbar vor mir lag, durchzustehen. Ich wusste, dass meine Eltern jeden Moment hier sein würden, um die anderen aus dem Schlaf zu reißen mit der Botschaft, dass es soweit war. Ich machte mir große Sorgen. Ich hatte alles so klar in meinem Traum gesehen, in diesem so realen Traum. Ich wusste, dass er wahr werden würde.

Jemand schwamm in den Raum. Es waren aber nicht meine Eltern. Ich schwamm auf die Gestalt zu.

»Wir sind da.«, rief die Sirene.

Ich konnte endlich etwas erkennen. Es war Selma. Und dann folgten ihr Balduin und Amelinda.

»Was macht ihr denn hier?«, fragte ich sie beinahe etwas vorwurfsvoll.

»Wir werden euch helfen. Eigentlich dachten deine Eltern, dass es nicht nötig sein würde, aber es scheint nun doch so. Die Zahl der Sirenen, die sich, warum auch immer, gegen dich verschworen haben, ist größer geworden. Ihr seid zu wenige. Wir werden dir helfen, falls es darauf ankommen sollte. Wir werden uns verstecken und im Notfall eingreifen.«, erklärte Amelinda.

Ich nickte, fühlte mich aber noch schlechter als zuvor. Jetzt gab es noch mehr Sirenen, die sich für mich in Gefahr begeben wollten.

»Ist es das?«, fragte mich Selma mit großen Augen.

»Ja.«, antwortete ich.

»Kann ich es mal anfassen?«, fragte sie.

Ich erlaubte es ihr und Selma legte den Stein in ihre Hände. Wie sie es ansah. So unterwürfig. Es machte mir beinahe Angst. Das *Zeichen des Wassers*, das wurde mir dadurch vor Augen geführt, übte nicht nur auf mich eine große Macht aus, wie es mir meine Eltern bereits ganz zu Anfang erklärt hatten. Es bestimmte ihr Leben. Sie fürchteten immer, dass etwas Schreckliches passieren könnte, sollte dem *Zeichen des Wassers* etwas zustoßen.

Wenige Augenblicke später erschien auch Deï. Er war ebenfalls von meinen Eltern gebeten worden, zu helfen. So auch Fhina, Ula und Mantosuelta, die nacheinander eintrafen. Meine Begleiterinnen waren etwas verwirrt, als sie aufwachten und die vielen Sirenen in ihrer Höhle vorfanden.

Meine Familie kam ebenfalls wenig später. Ich konnte in ihren Augen erkennen, dass ich recht behalten würde und es soweit war. Heute würden wir um das *Zeichen des Wassers* kämpfen müssen.

»Hört zu!«, rief Casy. »Die anderen Sirenen wollen uns an einem abgelegenen Platz treffen. Sie haben uns eben abgefangen und uns das mitgeteilt. Sie sagen, sie möchten, dass wir ihnen das *Zeichen des Wassers* geben. Andernfalls würden sie uns aufsuchen und töten. Wir können uns nicht ewig verstecken und vielleicht können wir doch mit ihnen verhandeln oder sie vom Gegenteil überzeugen. Zumindest hoffe ich das.« Casy hielt einen Moment inne. »Wir werden alle gemeinsam aufbrechen, aber nur die vier Begleiterinnen, Amarilla, sowie Sajara, Linda und ich werden ihnen entgegentreten. Ihr werdet, wie besprochen, im Hintergrund alles beobachten und wenn ihr einschreiten müsst, was ihr nur tut, wenn es gar keinen anderen Ausweg gibt, dann kommt dazu und unterstützt uns. Caroline bringt dann Amarilla in Sicherheit und wir werden, falls nötig, kämpfen. Caroline, komm dann bitte so schnell wie möglich wieder zurück. Wir brauchen dich!«, sagte Casy und sah zu Caroline hinüber. Sie nickte.

»Selma, sobald es zu gefährlich wird, musst du fliehen!«

»Ja, ich weiß. Aber ich bin stark. Ich werde versuchen zu helfen.«

»Es ist gut, dass wir es heute hinter uns bringen. Morgen beginnt wieder Neumond. Dann sind wir sowieso alle gefordert.«, sagte Casy abschließend.

Es blieb einen Moment ruhig.

»Wann werden wir ihnen begegnen?«, fragte Deï.

»In drei Stunden. Habt ihr irgendetwas zu Essen hier?«, fragte Casy meine Begleiterinnen.

»Wenn Leslie nicht alles aufgegessen hat, bestimmt!«, antwortete Sofie und schwamm in die Vorratskammer.

»Es ist noch genügend für alle da.«, antwortete sie, als sie wieder kam.

»Jeder isst jetzt noch etwas. Ihr müsst euch stärken.«, bestimmte Casy.

Leslie stürmte als Erste in die Vorratskammer und es folgten ihr alle bis auf Casy, Sajara und Linda. Ich schwamm auf sie zu und umarmte sie ganz lange. Dann folgten auch wir den anderen und aßen. Ich nahm nur widerwillig etwas zu mir. Ich machte mir Sorgen, was mir Magenschmerzen bereitete und ich bekam kaum einen Bissen herunter. Es ging um so viel. Ich fragte mich, wie viele von uns verletzt würden. Ich wollte nicht daran denken, die Bilder in meinem Kopf waren unerträglich. Zum Glück sprach mich in dem Moment Isabella an und redete mir gut zu.

Irgendwann war es war soweit. Wir verließen gemeinsam das Versteck. Ich hatte große Angst. Ich wusste nicht, was passieren würde. Was, wenn jemand vielleicht sogar sterben müsste? Oder ich selbst. Niemand würde etwas Genaues erfahren. Und vor allem Mum nicht. Was würde sie tun? Sie würde warten und warten. Es könnte ihr niemand die Botschaft überbringen, außer ein Gestaltenwandler. Und es gab nicht viele von ihnen.

Der Weg zu dem Treffpunkt war lang. Vielleicht kam er mir auch nur so lang vor. Ich zitterte am ganzen Körper. Deï, Fhina und die anderen begleiteten uns, wie besprochen, nicht bis ganz zum Ende, sondern versteckten sich unweit des Treffpunkts, von wo aus sie alles beobachten konnten.

Plötzlich erkannte ich in der Ferne fünfzehn Sirenen. Sie mussten es sein. Wir kamen ihnen immer näher. Wie sie mich ansahen...

Und dann fiel ihr Blick auf das *Zeichen des Wassers*. Sie sahen es genauso an, wie Selma es zuvor getan hatte. Nur lag auch Entschlossenheit in ihrem Blick, es mir zu entreißen und darum zu kämpfen.

Ich wollte sie keinesfalls provozieren. Also nahm ich das *Zeichen des Wassers* in meine linke Hand und umklammerte es ganz fest. Nun konnten sie es nicht mehr sehen, auch wenn ich nicht davon überzeugt war, dass es sie milder stimmen würde.

Casy schwamm vor Linda, Sajara und mich, um uns abzuschirmen. Er sprach mit der anderen Gruppe, aber ich konnte nichts verstehen. Linda übersetzte Bruchteile für mich.

Der Anführer der Gruppe versuchte scheinbar immer noch, Casy davon zu überzeugen, dass ich nicht die Richtige war. Ich sah mich um. Etwa fünfzig Meter von uns entfernt, glaubte ich hinter einem Felsen Mantosuelta zu erkennen.

Casys Stimme wurde immer lauter. Sein vorher so ruhiger Ton wich einem bestimmenden und äußerst kraftvollen. Ab und zu schüttelte Linda den Kopf, als könnte sie nicht nachvollziehen, was die andere Sirene versuchte, zum Ausdruck zu bringen.

»Sie wollen das *Zeichen des Wassers*. Augenblicklich. Du sollst es ihnen geben oder sie werden uns töten.«, übersetzte Linda mit zittriger Stimme.

Ich war wie erstarrt. Doch mir war klar, dass ich es ihnen geben würde. Ich wollte keinen Kampf provozieren. Um keinen Preis. So sehr ich spürte, dass sich mein Körper gegen das wehrte, was ich vorhatte, wusste ich aber auch, dass mir das *Zeichen des Wassers* nicht so viel bedeuten könnte, als dass ich irgendjemanden dafür in Gefahr bringen würde. Meine Hand verkrampfte sich. Sie war nicht mehr unter meiner Kontrolle. Ich zitterte und sah dann auf, direkt in die Augen der gegnerischen Sirene. Linda versuchte, mich festzuhalten, aber ich riss mich los.

»Tu das nicht, Jane!«, flüsterte sie.

Sie hatte mich Jane genannt. Und das war auch richtig so. In diesem Moment war ich nicht Amarilla, die Person, die das *Zeichen des Wassers* bis in den Tod beschützen würde. Ich war Jane. Und ich würde immer Jane bleiben.

In diesem Moment glaubte ich willensstärker zu sein, als ich es jemals zuvor gewesen war. Ich liebte die Personen um mich herum mehr als ich das *Zeichen des Wassers* mittlerweile brauchte. Und somit wusste ich, ich konnte gegen den Drang, das *Zeichen des Wassers* zu schützen, angehen. Ich schwamm an Casy vorbei, schwamm auf die Sirene zu und verharrte. Die männliche Sirene sah mich an.

»Wärst du die wahre Wächterin, müssten wir es dir mit vereinten Kräften entreißen!«, sagte er abfällig und nickte den anderen zu, als sei es der Beweis dafür, dass ich nicht die Auserwählte sein konnte.

»Gib es mir.«, forderte er.

Es fiel mir noch nie so schwer, meine Hand zu öffnen. Ich sah der Sirene in die Augen. Er senkte den Kopf und blickte auf meine Handfläche.

»Nehmt es!«, flüsterte ich mit letzter Kraft.

Mein ganzer Körper rebellierte und ich hatte schreckliche Schmerzen.

Die Augen der Sirenen weiteten sich. Ich erschrak und blickte auf meine Handfläche. Das *Zeichen des Wassers* glühte. Der Stein war rot und strahlte so hell, dass es mich blendete. Die Sirene erstarrte für einen Moment. Sie griff nicht nach dem Stein. Bewegungslos sah sie stattdessen gebannt in das wundersame Leuchten. Die Sirenen, die sich versteckt hatten, kamen nun zu uns und umkreisten mich. Es schien, als hätten sie so etwas noch nie erlebt. Dann streckte die männliche Sirene vor mir doch ihre Hand nach dem *Zeichen des Wassers* aus. Aber es gelang ihr nicht, das *Zeichen des Wassers* zu berühren, ohne sich zu verbrennen.

»Das ist unglaublich!«, sagte er dann plötzlich. »Das *Zeichen des Wassers* ist bei seiner rechtmäßigen Wächterin. Bitte vergib uns!«
Ich schloss meine Hand und mich überkam ein Gefühl der Erleichterung. Ich hatte es geschafft. Ohne jegliche Gewalt waren die Sirenen, die mich für die falsche Wächterin gehalten hatten, davon überzeugt worden, dass alles so war, wie es sein sollte.
Sie verließen ohne ein weiteres Wort den Platz.

Ich fiel meinen Eltern um den Hals und umarmte alle anderen der Reihe nach. Ich war so unheimlich glücklich. Und ich würde viel früher als erwartet zurück an Land kehren können. Ich würde doch noch Zeit mit Rob verbringen können und alles fühlte sich gut an.
Ich verdrängte den Gedanken, dass ich Rob noch alles erklären musste, und feierte mit meiner Familie und unseren Freunden, dass sich alles auf so wunderbare und einfache Weise gelöst hatte.
Meine Familie, meine Begleiterinnen und unsere Freunde konnten sich auch nicht erklären, was geschehen war, da noch nie ein Wächter so lange vom *Zeichen des Wassers* getrennt gewesen war oder um seine Anerkennung hatte kämpfen müssen. Es waren noch nie ein Wächter oder eine Wächterin und das *Zeichen des Wassers* in diese Lage gekommen. Noch nie sollte ein Wächter das *Zeichen des Wassers* abgeben.
Wir beschlossen, uns nicht zu viele Gedanken darüber zu machen, weil wir so oder so keine Antworten finden würden, und freuten uns stattdessen einfach. Ich hatte mich lange nicht mehr so unbeschwert und befreit gefühlt. Ich bewahrte mir dieses Gefühl der Beseeltheit und schlief damit ein.

Am darauffolgenden Abend war es dann auch schon fast wieder verflogen, als ich mich verabschieden musste. Ich wollte ja schon bald wiederkommen, aber es fiel mir trotz allem schwer. Ich hatte so gute neue Freunde gefunden. Ich machte mir aber auch wegen des *Zeichens des Wassers* Sorgen. Ich musste es bei mir haben, davon war ich überzeugt. Und auch wenn es an Land Gefahren ausgesetzt war, konnte es dennoch nirgends sicherer sein als bei mir. Das war mir klar geworden und deshalb willigte meine Familie, wenn auch wiederwillig, ein, als ich ihnen mitteilte, dass ich das *Zeichen des Wassers* von nun an immer bei mir tragen würde, ob im Wasser oder an Land. Einzig wegen der Musen machte ich mir Sorgen. Aber ich wusste auch, dass ich stark war und das *Zeichen des Wassers* machte mich noch einmal um ein Vielfaches stärker. Ich umarmte alle und schwamm dann los zurück in Richtung Hafen.

Es war stockfinster. Ich zog mich schnell um und rief dann Mum an. Sie kam und ich stieg ins Auto ein. Sie schien sehr erleichtert, mich schon so bald wiederzusehen.

»Jane, wie geht es dir? Ich habe mich so um dich gesorgt.«, meinte sie und sah mich an.

»Gut, es ist alles gut.«, entgegnete ich und Mum fuhr los.
Zu Hause wollte ich nur noch in mein Bett und schlief ziemlich schnell ein.

Ich schrieb Rob am nächsten Morgen eine Nachricht und er besuchte mich, sobald er konnte. Er freute sich, mich viel früher als erwartet wiederzusehen und wir verbrachten den ganzen Tag zusammen.

Ich wollte ihm unbedingt erzählen, wer ich war und was mir alles widerfahren war, aber ich hatte Angst, damit alles zu zerstören. Ich fühlte mich bei ihm so wohl. Ich wollte das nicht verlieren, nur weil ich anders war und er das vielleicht nicht akzeptieren könnte. Das *Zeichen des Wassers* hatte er nicht bemerkt. Ich trug es zur Vorsicht in meiner Hosentasche.

Als ich mich am Abend von ihm verabschiedete und er ging, war ich von mir selbst enttäuscht. Wie sollte es weitergehen, wenn ich ihn immer anlügen und ihm immer verheimlichen würde, wer ich wirklich war? Ich musste endgültig damit aufhören! Während ich darüber nachdachte, erhielt ich eine Nachricht von ihm. Er wollte sich am nächsten Tag mit mir treffen, da seine Mutter nicht zu Hause sein würde.

War das der richtige Zeitpunkt, um ihm alles zu gestehen? Wahrscheinlich gab es keinen falschen oder richtigen Zeitpunkt. Weshalb hatte ich nur solche Angst? Das zwischen uns war doch etwas ganz Besonderes, das spürten wir beide.

Ich schlief lange nicht ein und träumte schlecht. In meinen Träumen gestand ich Rob alles und er wendete sich von mir ab. Er wollte immer weniger mit mir zusammen sein, mied mich, bis wir letztlich getrennt waren.

Ich wachte verweint auf und sah auf den Wecker. Es war zehn Uhr morgens. Ich stand auf und machte mir Frühstück. Beim Tischdecken legte ich mir Sätze zurecht, die ich später zu ihm sagen würde, aber es war nicht einfach.

Würde er mich nicht für völlig verrückt halten? Ich hätte es doch auch nicht geglaubt, hätte ich es nicht selbst erlebt. Aber ich würde es ihm beweisen können, wenn er mir vertraute und mich bis zum Schluss anhören würde.

Etwas später machte ich mich auf den Weg zu ihm. Er hatte gesagt, dass Rose nicht da sein würde. Ich war wirklich glücklich darüber. Ihr Blick war so voller Hass gewesen. Wie sie mich damals angesehen hatte... In mir zog sich alles zusammen. Rob öffnete mir die Tür und lächelte. Sofort vergaß ich mein sorgfältig zurechtgelegtes Geständnis.

Wir gingen spazieren und ich versuchte immer wieder, etwas von all dem zu sagen, was ich hätte sagen müssen, aber es gelang mir nicht. Eigentlich sagte ich gar nichts. Rob schien zu bemerken, dass irgendetwas nicht stimmte. Er fragte mich deshalb mehrmals, ob es mir gut ginge. Und wieder log ich, weil mir die Worte fehlten, um ihm alles zu erklären.

Als wir zurück zu seinem Haus gingen, erkannte ich das Auto von Rose. Ich blieb wie erstarrt stehen.

»Mach dir keine Sorgen. Sie weiß, dass ich glücklich bin mit dir und sie muss es akzeptieren. Du kannst doch nicht immer vor ihr weglaufen. Ich weiß, dass sie richtig unhöflich und unfair zu dir war. Aber gerade deswegen solltest du ihr nicht das Gefühl geben, Angst vor ihr zu haben. Denn du brauchst dich vor nichts und niemandem zu verstecken, Jane.«, meinte Rob.

Ich ließ mich von ihm mitziehen und fühlte mich dabei sehr unwohl. Rose hatte mir von Anfang an das Gefühl gegeben, für Rob nicht gut genug zu sein. Und vielleicht war ich auch nicht gut genug für ihn. Ich war kein Mensch und ich würde wohl nie das Leben eines Menschen leben können. Rob nicht die Wahrheit sagen zu können, war für mich schrecklich, denn er war die Person, die ich über alles liebte. Gerade vor ihm wollte ich keine Geheimnisse haben. Aber auch das zeigte mir, dass Rose vermutlich recht hatte. Rob verdiente es nicht, belogen zu werden.

Wir traten in das Haus ein und trafen auf Rose.

»Ich dachte, du wärst bis heute Abend weg.«, sagte Rob.

Roses Blick fiel direkt auf mich und sie wirkte plötzlich sehr angespannt.

»Katie kam etwas dazwischen. Deshalb bin ich wieder hier.«

In Roses Nähe fühlte ich mich von Sekunde zu Sekunde schlechter. Rob warf ihr einen eigenartigen Blick zu, ehe er mich mit auf sein Zimmer nahm. Er schien so enttäuscht von seiner Mutter, denn er erkannte sie nicht wieder. Dennoch wirkte er auch entschlossen auf mich. Er hatte sich scheinbar entschieden. Für mich.

Als ich später meine Jacke im Flur anzog, um nach Hause zu gehen, kam Tiffany zu mir herüber.

»Hi, Jane. Es ist schön dich zu sehen, Rob hat mir erzählt, dass du wegen deiner Bauchschmerzen untersucht werden musstest. Geht es dir besser?«, wollte sie wissen.

»Es geht mir gut.«, antwortete ich. »Und dir?«

»Mir geht es auch gut. Ich finde dich wirklich nett.«, sagte sie völlig unerwartet und lächelte mir zu.

»Ich dich auch.«, antwortete ich und lächelte zurück.

»Tiffany, kommst du bitte mal?«, rief Rose.

»Ich muss zu meiner Mutter. War schön, dich mal wiederzusehen. Bis bald hoffentlich.«, verabschiedete sie sich und ging.

Auf dem Nachhauseweg war ich sehr wütend auf mich. Ich hatte es Rob schon wieder nicht gesagt. Ich war nicht mutig genug, weil ich noch nie in meinem Leben zuvor so glücklich gewesen war wie mit ihm. War ich tatsächlich so egoistisch und log ihn an, weil ich fürchtete, ihn andernfalls zu verlieren?

Ich verdrängte die schlechten Gedanken und sah zu Hause fern. Mum kochte währenddessen. Ich freute mich auf das mir vertraute und geliebte Essen. Noch immer hatte ich mich nicht ganz mit Meeresgewächsen als Nahrungsmittel anfreunden können, obwohl ich mir den Geschmack von Algen wesentlich schlimmer vorgestellt hatte.

Für den nächsten Tag hatte ich keine Verabredung. Ich hatte eigentlich Josie besuchen wollen, aber ihre Mutter hatte mir am Telefon gesagt, dass sie gerade mit ihrem Vater unterwegs sei. Daher beschloss ich stattdessen alleine spazieren zu gehen und mir in aller Ruhe Gedanken zu machen über all das, was mich beschäftigte. Vielleicht würde mir dann auch einfallen, wie ich mich endlich überwinden konnte, Rob zu gestehen, wer ich wirklich war. Es lag nicht an den Worten, sondern an der Angst und die ließ sich nicht so leicht abstellen.

Plötzlich klingelte das Telefon. Es war Tiffany.

»Hallo, Jane. Ich bin es, Tiffany.«, sagte sie. Ihre Stimme klang irgendwie anders als sonst.

»Was ist? Ist etwas mit Rob?«, fragte ich, weil mich ihre Stimme verunsicherte und ich mich sorgte.

»Nein. Komm bitte in einer halben Stunde zu uns.«, bat sie mich.

»Weshalb?«, fragte ich, aber Tiffany hatte schon aufgelegt.

Ich war mir nicht sicher, was das zu bedeuten hatte. Tiffany hatte noch nie etwas mit mir unternommen. Andererseits hatte sie mir aber ja am vorherigen Tag gesagt, dass sie mich mochte. Vielleicht hatte sie sich nicht getraut mich zu fragen, ob wir etwas gemeinsam unternehmen sollten.

Doch weshalb hatte sie dann so seltsam gesprochen und augenblicklich aufgelegt? Ich wurde daraus nicht schlau, beschloss aber dennoch zu den Caristons zu gehen. Es war der einfachste Weg, alles aufzuklären.

Eine halbe Stunde später stand ich vor dem Haus der Caritons. Ich klingelte und Tiffany öffnete mir. Etwas in ihrem Blick sagte mir, dass etwas nicht stimmte. Sie schien geweint zu haben.

»Was ist denn los?«, wollte ich wissen, aber sie gab mir keine Antwort.

»Komm mit mir.«, meinte sie dann.

Ich folgte ihr und wir gingen ins Wohnzimmer. Dort standen sieben Frauen, mit denen sich Rose unterhielt.

»Wo ist Rob?«, fragte ich Tiffany.

»Er ist mit Dad weggefahren. Sie sehen sich ein Rugbyspiel an.«

Die Frauen sahen zu mir herüber.

»Hallo, Jane!«, sagte Rose.

Sie machte mir Angst. Ich versuchte einen Schritt zurückzutun, aber die mir fremden Frauen umkreisten mich. Sie sahen mich allesamt auf eine Art an, die mir bekannt vorkam und die mich ängstigte.

»Was willst du, Rose?«, fragte ich sie, aber sie antwortete nicht.

Plötzlich spürte ich etwas und ich wusste, es waren die Blicke der Frauen. Zu meiner Verwunderung war Tiffany eine von ihnen.

Ich bekam große Angst, aber ich konnte nichts tun. Ich versuchte zu begreifen, was vor sich ging, aber ich war völlig überrumpelt und in diesem Moment viel zu menschlich, als dass ich gegen diese ungeheure Macht, die von ihren Blicken ausging und auf mich einwirkte, hätte ankämpfen können.

Es kam mir so vor, als würden die Frauen Kräfte über ihre Augen heraufbeschwören. Diese Kräfte packten mich auf einmal und schleuderten mich in die Luft. Ich schrie. Dann verspürte ich die schlimmsten Schmerzen, die ich je in meinem Leben verspürt hatte. Es fühlte sich an, als würden mich tausend Dolche gleichzeitig immer und immer wieder durchstoßen. Ich konnte nicht mehr atmen und war mir sicher, dass ich sterben würde.

Mein Blick traf den von Tiffany, die ebenfalls ihre Augen auf mich gerichtet hatte und mir diese Schmerzen zufügte. Alles, was ich wollte, war bloß, dass diese unerträglichen Schmerzen enden würden. Tränen stiegen in meine Augen. Ich hatte keine Angst davor, zu sterben. Nicht mehr. Aber es machte mich unglaublich traurig, dass Tiffany mich so sehr hasste. Was hatte ich ihr angetan?

Bevor ich vollkommen das Bewusstsein verlor, vernahm ich noch einen gellenden Schrei und fiel mit voller Wucht auf den Boden.

Freundschaft

Als ich wieder zu mir kam, waren die Schmerzen verschwunden. Ich lag auf einem weichen Untergrund. Jemand hielt meine Hand. Ich fühlte mich gut. Doch schon bald kehrten die Erinnerungen an das, was geschehen war zurück.

Ich schreckte hoch. Tiffany, die meine Hand hielt, drückte mich zurück.

»Was ist passiert?«

Tiffany liefen Tränen über ihre Wangen.

»Es tut mir so leid. Ich weiß nicht, wie ich es dir erklären soll. Ich weiß selbst erst so wenig.«

»Ich verstehe das nicht...«

»Jane, ich weiß, dass du eine Sirene bist.«, sagte Tiffany leise und wischte sich die Tränen ab.

»Wie...?«

»Meine Mutter ist eine Muse. Sie gehört zu dem höchsten Stand der Musen. Es sind insgesamt neun. Und erst seit kurzem weiß ich das alles, und auch, dass ich ebenfalls Muse des ersten Standes bin. Du musst mir glauben, ich wollte das nicht. Es war bloß alles so beeindruckend und ich hatte Angst vor meiner Mutter. Ich wusste erst so wenig über Sirenen, dass es mir egal war, ob du eine bist oder nicht. Ich wollte dir deshalb auch nichts antun. Aber meine Mutter...« Tiffany schluchzte wieder. »Sie erklärte mir, wie gefährlich Sirenen seien und dass du besonders gefährlich wärst, weil du noch menschlicher als jeder Gestaltenwandler bist. Sie hatte von Anfang an dieses Gefühl bei dir, das Musen verspüren, wenn sie in der Nähe von Sirenen sind, hat es aber ignoriert, weil sie dachte, dass du ein Mensch seist. Du warst, ich meine, du bist ja auch so unglaublich menschlich. Du konntest ganz normal essen, trinken, sahst wie ein gewöhnlicher Mensch aus, hattest eine menschliche Mutter und gingst zur Schule. Aber dann hat Mum am Tag nach Neumond eine Strähne mit dieser komischen grünen Farbe in deinem Haar entdeckt, das weißt du ja vielleicht noch. Und diese Farbe wirkt auf uns so unheimlich stark, wir würden diese Farbe unter unendlich vielen erkennen. Von da an wusste sie es. Sie hatte solch große Angst um Rob. Sie konnte sich das alles nicht erklären, aber sie wusste, dass Sirenen in der Nähe von Menschen niemals etwas Gutes bedeuten. Gerade weil wir Musen von einer Sirene wie dir noch nie gehört haben, konnte Mum dich nicht einschätzen. Sie glaubte sogar, dass du ganz bewusst Rob töten wolltest. Mit Sirenen bringt sie nur Schlechtes in Verbindung, deshalb kam sie auf diese dumme Idee. Sie konnte sich nicht vorstellen, dass du aufrichtige Gefühle für ihn hegst. Wir wissen zwar, dass ihr die Menschen nicht töten wollt. Aber wir haben diesen Instinkt, dieses große Bedürfnis und den Drang, die Menschen vor euch zu beschützen, so dass es uns in solchen Situationen mitunter schwer fällt, klar und rational denken zu können.«, erklärte Tiffany.

Ich konnte kaum glauben, was ich hörte. Tiffany war eine Muse. Und Rose auch. Und sie hatten mich umbringen wollen.

»Mum hat dann alle anderen Musen des ersten Standes alarmiert und sie beschlossen, dich zu...« Tiffany brach wieder in Tränen aus. »Und nur zu neunt sind wir stark genug, um so etwas überhaupt durchführen zu können. Mum verlangte gestern von mir, dass ich dich heute anrufe und einlade, was ich ja auch getan habe, und dann haben wir dich mit unseren Kräften belegt und dich beinahe umgebracht. Aber als du mich dann angesehen hast, war ich so angewidert von mir selbst, davon, dass ich tatsächlich im Begriff war, dich zu töten, obwohl ich dich mag und du immer freundlich zu mir warst. Deswegen konnte ich es nicht. Ich schrie und rannte weg. Zu acht sind sie nicht stark genug gewesen und deshalb bist du auf den Boden gefallen. Als ich den Aufschlag gehört habe, bin ich sofort zurück gelaufen und habe mich um dich gekümmert. Ich war sogar stark genug, dich die Treppe hinaufzutragen. Für irgendetwas muss es ja gut sein, eine Muse zu sein.« Tiffany sah mich vorsichtig an und fuhr dann fort.

»Seitdem ich Muse bin, bin ich unglaublich stark und habe wie alle Musen die Fähigkeit, bestimmte Gefühle auf Menschen zu übertragen. Und ich kann heilen. Deshalb geht es dir auch wieder einigermaßen gut, und das, obwohl du beinahe gestorben wärst. Schon seltsam. Wir Musen können heilen und töten.«

»Tiffany, danke, dass du mich gerettet hast. Es war sicher nicht leicht für dich!«, sagte ich.

»Nein, ich verdiene deine Dankbarkeit nicht. Ich hätte dich schließlich beinahe umgebracht.«, entgegnete sie weinend.

»Aber du warst stark genug.«, erwiderte ich. »Du hast dich widersetzt und ich verzeihe dir. Ich war auch noch vor kurzer Zeit einfach nur Mensch.«, sagte ich und nahm Tiffany in meine Arme.

Mich durchfuhr ein unangenehmes Gefühl. So als stießen wir uns ab. Ich löste mich, etwas irritiert, von Tiffany.

»Was für eine eigenartige Sirene bist du denn eigentlich?«, fragte sie mich dann.

»Ich bin eigentlich eine ganz normale Sirene, aber Tabletten machen mich so menschlich.«, erklärte ich ihr und erzählte ihr dann meine ganze Geschichte.

»Ich liebe deinen Bruder wirklich.«, sage ich abschließend mit Tränen in den Augen. »Ich könnte ihm niemals etwas antun.«
Tiffany und ich umarmten uns noch einmal vorsichtig. Sie hatte meine Geschichte kaum glauben können. Und erst recht nicht, dass ich die Wächterin des *Zeichen des Wassers* war. Zum Glück hatten die Musen es nicht bemerkt und ich trug es noch immer bei mir. Als ich es Tiffany gezeigt hatte, war sie zusammengefahren und bat mich, es wieder wegzutun.

Plötzlich fügte sich alles zu einer Einheit in meinem Kopf zusammen und ich verstand all das, was mich vorher so verwirrt hatte. Wie die Räume auf mich gewirkt hatten, war das Werk von Rose gewesen. Auch der Raum, in dem ich mich jetzt befand, hatte eine ganz bestimmte Atmosphäre und plötzlich erschrak ich. Ich kannte diesen Raum. Ich war in Robs Zimmer.

»Wissen Rob und euer Vater, dass ihr Musen seid?«

»Mein Vater weiß es. Meine Mutter hat es ihm anvertraut. Sie liebt ihn über alles. Wie du, liebt sie einen Menschen. Rob habe ich angerufen. Er weiß jetzt auch Bescheid. Ich habe ihm am Telefon alles erzählt. Er ist auf dem Rückweg und müsste gleich da sein. Aber du musst ihm sicherlich alles noch einmal aus deiner Sicht und viel genauer erklären. Er weiß nur, dass du eine

Sirene bist. Zuerst hat er gedacht, dass ich völlig verrückt sei, aber Dad hat ihm bestätigt, dass alles stimmt.«

»Und?«, fragte ich voller Angst.

»Mein Vater wusste nichts davon, dass wir vorhatten dich zu töten, nicht mal, dass du eine Sirene bist. Er hat es erst jetzt erfahren. Er hat dann gesagt, dass er versuchen würde, es Rob zu erklären und warum wir dich töten wollten. Das mit den Sirenen und gerade das mit dir musst du ihm aber selbst beibringen.«

Ich stand vorsichtig auf.

»Ich hätte ihm das alles viel früher sagen müssen!«, gestand ich.

»Mach dir darüber keine Gedanken, Jane. Ich kann dich vollkommen verstehen. Es ist nicht leicht, so zu leben, wie wir es tun. Und wir haben keine Wahl. Es muss sehr schwer für dich sein, das alles so plötzlich erfahren zu haben. Aber du brauchst dich nicht zu sorgen. Rob liebt dich so, wie du bist. Und das wird er immer tun. Ich habe von Anfang an gespürt, dass ihr für einander bestimmt seid.«

»Was ist mit Rose und den anderen Musen?«

»Mum ist hier. Die anderen sind dorthin zurück, von wo sie hergekommen sind. Sie hatten alle einen langen Weg hierher. Nicht alle sind von hier, einige von ihnen aus dem Ausland. Manche sind seit gestern in der Stadt, andere sind heute gekommen.«

»Wie soll ich jetzt mit Rose umgehen?«

Angst und Beklemmung machten sich in mir breit.

»Ich weiß es nicht. Ich habe seit dem Vorfall nicht mehr mit ihr gesprochen. Du hast mir alles erklärt, warum sollte sie es nicht auch verstehen? Weißt du, ihr beide habt etwas gemeinsam. Ihr beide liebt Rob. Sie muss das nur noch erkennen.«, meinte Tiffany.

Ich hörte, wie unten im Flur die Tür aufgeschlossen wurde. Harold rief nach Rose. Rob lief die Treppe hinauf und stürmte in sein Zimmer. Da stand ich.

Wie er mich ansah... Besorgt und vielleicht ein wenig enttäuscht. Ich war es ja auch von mir. Wieso hatte ich nicht den Mut gehabt, mich ihm anzuvertrauen und alles zu erzählen?

»Geht es dir gut?«, fragte er.

»Ja.«, entgegnete ich.

»Ich werde mal nach unten gehen und nach Mum sehen...«, sagte Tiffany und ließ uns alleine.

Rob setzte sich auf sein Bett und schüttelte den Kopf.

»Ich kann es einfach nicht glauben. Meine Mutter und meine Schwester sind Musen... Du bist eine Sirene...«

Ich setzte mich neben ihn.

»Sei mir bitte nicht böse, dass ich es dir nicht gesagt habe. Das war falsch, aber ich hatte solche Angst. Ich habe mich genauso gefühlt, wie du in diesem Moment. Meine Welt, so wie ich sie kannte, gab es von jetzt auf gleich nicht mehr. Ich glaube, ich wollte dir deine Welt lassen und ich befürchtete, dass du mich deswegen verlassen könntest.«

Rob sah mich an.

»Hast du das ernsthaft geglaubt?«, fragte er mich traurig.

»Ich habe nie zuvor jemanden wie dich getroffen. Und ich habe noch nie für jemanden so empfunden, wie ich es für dich tue. Ich weiß nicht, was ich mir vorgemacht habe. Irgendwann hätte ich dir alles erzählen müssen.«

»Jane, ich liebe dich. Ich liebe dich so sehr, dass ich es nicht in Worte fassen kann. Glaubst du wirklich, ich würde dich verlassen, wenn du dich mir anvertraust?«

Ich sah zu Boden.

»Jane, sieh mich an. Ich werde dich nicht verlassen. Niemals. Erzähl mir genau, was geschehen ist.«, forderte er mich auf und ich erzählte ihm alles, von meinem Sturz ins Wasser angefangen.

Die ganze Zeit über sah ich ihn an und achtete auf seine Reaktion. Er hörte mir ganz genau zu.

»Das heißt, ich bin eigentlich Schuld daran, dass du erfahren hast, wer du bist?«, fragte er mich.

»Du weißt doch, dass es nicht deine Schuld war. Ich bin einfach tollpatschig. Du hättest mich nicht festhalten können. Ich glaube sogar, dass es mein Schicksal war, ins Meer zu fallen. Wäre ich nicht hineingefallen, wäre es trotzdem irgendwann dazu gekommen.«, sagte ich.

»Kann ich das *Zeichen des Wassers*, von dem du erzählt hast, mal sehen?«, fragte er mich dann.

Ich nahm es und gab es ihm. Er sah es sich lange Zeit intensiv an und streifte es mir dann über den Kopf.

»Es passt auf irgendeine Weise perfekt zu dir.«, meinte er.

»Nicht so perfekt wie du.«

Rob lächelte und küsste mich. Dann nahm er mein Gesicht in seine Hände und flüsterte: »Versprich mir, dass nie wieder etwas zwischen uns stehen wird! Und ich verspreche dir, dass du niemals alleine sein wirst. Ich werde immer für dich da sein, egal was geschieht.«

»Ich liebe dich und ich verspreche es!«

Später wollte ich mit Rose reden. Sie schien sich etwas beruhigt zu haben, was vermutlich Harold zu verdanken war, der sie nicht aus den Augen ließ.

»Ich wollte dich wirklich umbringen... Ich habe noch niemals jemanden verletzt. Und ausgerechnet dich wollte ich töten. Diejenige, die meinen Sohn so unendlich glücklich macht. Wie hätte ich den Schmerz in seinem Gesicht ertragen können?«, fragte Rose mit Tränen in den Augen.

Sie sah so zerbrechlich aus. So schwach. Ich wollte kein Mitleid mit ihr haben, wo sie doch versucht hatte, mich umzubringen. Aber ich spürte, wie ich dennoch ihre Wut und ihren Schmerz verstehen konnte.

»Du musst mir sagen, wer du bist, Jane. Ich weiß nicht, was sonst geschehen wird. Ich fühle, dass ich dir jederzeit etwas antun könnte.«

»Warum hast du mich das nicht früher gefragt?«

»Ich wusste nicht, was geschehen würde, sobald ich dich enttarnt hätte oder du erkannt hättest, dass ich eine Muse bin. Vielleicht hättest du Robert augenblicklich etwas angetan und das wollte ich nicht riskieren.«

»Wie konntest und kannst du so etwas nur von mir glauben?« Ich spürte, wie mir Tränen in die Augen stiegen. »Ich könnte Rob niemals etwas antun. Ich liebe ihn. Du willst wissen, wer ich bin? Ich wünschte, ich könnte dir diese Frage beantworten, aber ich weiß selbst nicht, wer ich wirklich bin. Noch vor einiger Zeit dachte ich, einfach bloß ein Mensch zu sein, aber das bin ich nicht mehr.«

Und dann erzählte ich auch Rose meine Geschichte. Es fiel ihr sichtlich schwer, mir alles zu glauben.

»Rose, ich wünschte mir so sehr, dass wir uns nicht abstoßen würden, wo wir doch beide etwas gemeinsam haben. Wir lieben beide Rob. Und wir beide wollen, dass ihm nichts zustößt. Unter anderen Umständen hätten wir Freundinnen werden können.«, sagte ich und war von tiefem Kummer erfüllt.

Warum musste alles so kompliziert sein? War es nicht schon kompliziert genug? Ich würde niemals von Rose so angenommen werden, wie von anderen Menschen, obwohl es mir gerade bei ihr so wichtig war.

»Ach, Jane...«, sagte Rose und ihr liefen Tränen über die Wangen. »Auch wenn sich alles in mir dagegen sträubt: Wir *sind* Freundinnen.«

Rose umarmte mich zaghaft. Es fühlte sich für uns beide unangenehm an, aber es war nur unser Instinkt, die Reaktion unseres Körpers auf den anderen. Wir waren Freundinnen. Es zählte nur, was wir füreinander fühlten und nicht, dass wir gänzlich verschieden waren.

Unsere Körper stießen sich ab. Das hatte ich auch bei der Umarmung mit Tiffany gespürt. Es war nicht zu ignorieren, aber es zählte nur das Gefühl, das wir in unserem Herzen verspürten. Freundschaft, die stärker als alles andere war. Wir wussten beide: Freunde durften völlig unterschiedlich sein. Sie mussten sich nur im Herzen gleichen: Wir beide liebten Rob.

Später saßen wir alle zusammen. Harold und Rob sahen immer wieder zwischen Rose, Tiffany und mir hin und her. Sie schienen sich immer noch Sorgen zu machen. Ich lächelte Rob zu und ich merkte, wie er sich etwas entspannte. In diesem Moment war ich so unglaublich glücklich. Rose und Tiffany versprachen mir hoch und heilig, mir von nun an nie wieder zu misstrauen und versicherten mir, sich vom *Zeichen des Wassers* fern zu halten. Wir tauschten uns noch lange aus. Rob, der mir gegenüber saß, sah mich ab und zu ganz seltsam an, wenn er etwas nicht verstand. Ich lächelte dann wieder und er lächelte zurück.

Dieser Tag würde für immer in meiner Erinnerung bleiben. Er war einer der schrecklichsten und einer der schönsten Tage meines Lebens zugleich.

In den nächsten Tagen traf ich mich auch mal wieder mit Josie. Sie war eine gute Freundin für mich geworden, aber ich erzählte ihr dennoch nichts von all dem, was mir zugestoßen war. Sie war einfach jemand, der sich zu viele Gedanken machte und ich wollte sie wirklich nicht belasten. Emma meldete sich überhaupt nicht mehr, aber ich brauchte sie nicht. Ich hatte genügend andere wirklich gute Freunde gewonnen.

Ein paar Tage später besuchte ich sogar meinen Vater. Ich hatte die ganze Zeit nicht das Bedürfnis danach gehabt, ihm zu begegnen, vielleicht hatte ich sogar Angst davor gehabt, obwohl ich, solange ich schon Sirene war, wusste, dass er noch lebte. Ich konnte es mir nicht vorstellen, wie es sein würde jemanden, den man für Tod gehalten hatte, zu treffen. Aber irgendwann verspürte ich dann doch den Drang, ihn zu treffen. Ich wollte wissen, wie er jetzt aussah und ob er bereute, was er mir und auch Mum angetan hatte.

Mein Vater war in einem Hohlraum unter Wasser untergebracht. Es war eine Art Höhle, in der es ihm möglich war zu leben, aber sie konnte nur vom Meer aus erreicht werden. Noch nie zuvor hatte ich mich so eigenartig gefühlt. Angst und Wut vermischten sich mit Neugier.

Als ich ihn dann traf, war er so, wie ich ihn mir manchmal vorgestellt hatte. Ich stand vor ihm und meine ganze Wut auf ihn war verflogen. Nachdem er mich mit ungläubigen Augen angesehen hatte, begann er zu weinen. Mir ging es nicht anders. Und auf eine eigenartige Art und

Weise war ich ihm sogar ein wenig dankbar dafür, dass er mich damals entführt hatte. Sonst wäre ich nicht diejenige, die ich heute bin, und hätte niemals Rob kennengelernt.

Ich unterhielt mich mehrere Sunden mit ihm und gab ihm ein Bild von Mum. Er sah es lange an, ohne ein einziges Wort zu sprechen. Dann legte er es an seine Brust und lächelte für einen kurzen Augenblick.

»Ich habe nie aufgehört, sie zu lieben. Und das werde ich niemals tun. Wie geht es ihr? Ist sie glücklich?«
Mein Vater sah mir in die Augen und sie waren voller Liebe. Für meine Mutter, aber auch für mich.

»Es geht ihr so wie dir.«

***

Dann kam der Tag, an dem ich mich von Rob für drei lange Wochen verabschieden sollte. Ich war wirklich traurig. Gerade jetzt wollte ich so viel Zeit wie möglich mit ihm verbringen.

»Jane, ich hab etwas für dich.«, sagte er, bevor ich ihm einen Abschiedskuss geben konnte.
Ich sah ihn fragend an. Dann überreichte er mir ein Ticket.

»Ich verstehe nicht...«, murmelte ich.

»Mum bleibt hier und wir haben das Ticket auf deinen Namen umgebucht.«

»Was?«, fragte ich völlig überrascht.

»Abbie hat uns ihr Einverständnis gegeben.«, meinte Rob.

»Das geht nicht. Das ist euer Urlaub!«, sagte ich und dachte daran, dass Rose für mich auf ihren Urlaub verzichtete.

Plötzlich stand sie hinter mir und flüsterte mir ins Ohr:

»Das machen Freunde füreinander.«

Ich drehte mich um.

»Nein, das kann ich nicht annehmen.«,

»Das hat deine Mutter anfangs auch gesagt, aber ich kann sowieso nicht. Eine Freundin von mir ist krank geworden. Sie lebt alleine und ich habe ihr angeboten, mich um sie zu kümmern.«, sagte Rose.

»Aber meine eigentliche Familie weiß nichts davon. Sie werden sich sicher Sorgen machen.«

»Der Flieger geht morgen früh um halb fünf. Bis dahin hast du genügend Zeit, ihnen Bescheid zu sagen.«, entgegnete Rose und ich willigte überglücklich ein.

Meine Familie freute sich für mich und ich war rechtzeitig bei den Caristons.

»Gibt es eigentlich auch in der Karibik Sirenen?«, wollte Rob auf der Autofahrt zum Flughafen wissen.

»Soweit ich weiß ja.«, antwortete ich.

»Wirst du jedes Mal, wenn du dann ins Meer gehst, zu einer Sirene?«, fragte er.

»Ich denke schon...«, entgegnete ich etwas bedrückt.

»Wie gut, dass wir eine Insel für uns ganz alleine haben.«, meinte Rob grinsend und nahm meine Hand.

Ich war so glücklich und lächelte ununterbrochen, während ich das *Zeichen des Wassers* fest in meiner anderen Hand hielt.

Danksagung

Ich möchte mich auf diesem Weg bei all den Menschen bedanken, die in irgendeiner Weise zu der Entstehung von Janes Geschichte beigetragen haben.

Zunächst gilt mein Dank meinen Freund:innen. Danke für die tolle Zeit, die wir miteinander verbringen, dass ihr mich so akzeptiert, wie ich bin und dafür, dass ich so glücklich sein kann, wenn ich bei euch bin. Ihr seid wundervoll und werdet ewig einen Platz in meinem Herzen haben!

Ich danke meiner Familie dafür, dass sie mir meinen Herzenswunsch erfüllt hat und meiner Schwester ganz besonders für ihre Geduld, wenn sie es beinahe nicht mehr ertragen konnte, dass ich lieber für mich alleine bin, wenn ich schreibe.

Mir ist es auch sehr wichtig, mich bei meinen Geigen- und Bratschenlehrer:innen zu bedanken, die mich so viel mehr als nur mein Instrument gelehrt haben und mir zeigten, zu was ich fähig bin, wenn ich in mich vertraue.

Ich danke all den großartigen Musiker:innen, die mich mit ihrer Musik inspiriert haben und allen Personen, die mich irgendwie durch ihre Art und Weise in meinem Schreiben beeinflusst haben.

Ein großes Dankeschön gilt auch all denen, die mir immer wieder ein Lächeln schenken, mich zum Lachen bringen und mir somit glückliche Momente bescheren.

Zum Schluss möchte ich mich auch bei dir bedanken. Es bedeutet mir unglaublich viel, dass du dieses Buch gelesen hast. Ich hoffe, dass es dir gefallen hat und wünsche dir von Herzen das Allerbeste.

Glaub immer an dich. ☺ ☺ ☺

In Liebe,
Celina

PS: Janes Geschichte ist noch nicht zu Ende erzählt. Ihr Abenteuer geht weiter!